DOIS ROMANCES DE NICO HORTA
CORNÉLIO PENNA

Dedico este livro a minha melhor amiga,
Itabira do Mato Dentro.

ii não ter ouvido.

e désse o menor sinal de a
~baixa doscosturas, e
mai deixava cair no rega-

ção absoluta, os vestidos
                        e
~donote entrava na sala ba~

u-a á porta, e mostrou-lhe

I

A casa parecia suspensa na luz trêmula, e tudo afastava de si, em esquisito encantamento.

A súbita parada de qualquer sinal de vida, em pleno crescimento e viço das plantas que formavam as muralhas da floresta, escondendo pesadamente a voz secreta de suas águas correntes e o lento mugido do gado à cata de frutas, todo o fecundo silêncio que descera sobre Rio Baixo escutava com sufocada inquietação o apito longínquo, os gritos de chamada e alarme das locomotivas da estrada de ferro que passava muito fora de seus limites. Era um outro mundo que ameaçava de longe, com a convicção de que era possível andar, correr, falar, gritar, fazer enfim todos esses esforços e sacrifícios que, encadeando-se, formam a vida, a vida dos outros...

Não se distinguia sequer um suspiro, e a morte parecia realmente percorrer com lentidão aqueles grandes espaços abertos, onde jaziam, em posições de cansado espanto ou de afastamento total de si mesmo, corpos imóveis, descompostos em seus leitos enormes. O sol, vencedor absoluto, entrava em grandes golfadas, varrendo os meios tons, desenhando com implacável nitidez e velocidade todos os detalhes pobres dessas figuras jacentes, e tornava vazia a casa toda, como um grande sepulcro. As almas tinham fugido, espantadas pela luta violenta e irreal do negro e da luz...

Mas, havia entre todos um quarto fechado, guardando ciosamente dentro de si um bloco de penumbra, onde em tranquila reserva se escondia o segredo da vida de todos aqueles corpos inertes, e aí se concentrava, num ponto vital, toda a sua voluntária explicação de miséria, toda a sua vontade essencial de viver e de ocultar.

II

Deitada, d. Ana ouvia cantar, dentro de si mesma, uma canção desconexa. Mas, de repente, o silêncio ergueu-se nela, e tornou-se espesso, sufocante, cheio de fantasmas que se estendiam ligados uns aos outros, formando um só ser monstruoso, vindo dos anos. Em torno, como cenários que se levantam, tremendo, e se fixam em equilíbrio instável, desenha-se toda negra uma fazenda de mineração de ferro, perdida na grande mata sombria, com a sua forja, ferida rubra, arfante, vibrando, latejando, aos golpes agudos dos martelos.

"Na soleira da porta está a criatura que se alonga pelo tempo, olhando, olhando.

"Na sua frente, do outro lado do terreiro negro de borra de ferro, andando para cá e para lá, entre centelhas e chamas que se lançam para o alto e fogem, entre as bigornas gritantes, está o vulto de seu pai, aquele de quem ela tem medo... apesar de nunca ele lhe ter batido. No seu corpo estava sempre presente, caminhando, a dor das pancadas de seus irmãos, que a obrigavam a fugir para junto da mãe, agarrando-se às suas saias, muito trêmula, de olhos parados. Sabia que não era um abrigo suficiente, mas que fazer? Era preciso recorrer àquela mulher que andava pela casa, como uma sombra suspensa, surda e silenciosa, chorando em explosões súbitas e beijando sofregamente seus algozes, que a repeliam com brutalidade... sempre a mesma e sempre nova, porque era aquela que tudo fazia, no seu longo e arrastado desaparecimento do mundo.

"Tudo se anima; chegam os irmãos a cavalo com um amigo.

"Ao apear, o amigo estende as rédeas à mãe, que as segura, cabisbaixa, e as pendura à argola do alpendre."

"Intacta, caminhando velozmente pelos vinte anos percorridos, d. Ana sente chegar à garganta, apertando-a com sua tenaz, a cólera e o ódio que a tomaram toda. Suas mãos se contraem, no mesmo gesto de ameaça para aquela mulher resignada e covarde.

"O amigo chamava-se Nico."

III

A figura se alonga... Alonga-se e caminha pelo terreiro, algum tempo depois. Seus pés afastam, para um lado e para outro, vagarosamente, os pedaços de pedra negra e carcomida, repugnantes como restos humanos e que, surgido o sol, brilham em riquezas fantásticas, em reflexos de pedrarias incontáveis.

Na forja, aproximando-se cada vez mais, ela via, ao lado do grande fole roncador, o vulto de seu pai, de costas, com as grandes barbas brancas sobre os ombros, parecendo um estrangeiro. Examinava atentamente grandes esporas de ferro.

Ao seu lado, d. Ana parou, sem saber que dizer, e até agora ela não sabia o que deveria ter dito, naquele momento. O pai pousou cuidadosamente as esporas sobre o rebordo do fogareiro, olhando-a por cima dos óculos, com seu olhar severo e muito azul.

Foram palavras balbuciadas, de uma língua estranha, que vieram à sua boca, e diante daquele espanto gelado, ela compreendia, de modo confuso, que tinha na sua frente um desconhecido, hostil, fechado. (Não, não era sua mãe a covarde, era sim aquele homem que a olhava através de pesados muros transparentes.)

Vendo que ele não a interrogava, d. Ana tomou forças e falou, falando para si mesma, ou para uma pessoa que não sabia a sua língua:

— Vou me casar com o Nico.

Ele não respondeu. Parecia não ter ouvido.

Os dias se passaram sem que desse o menor sinal de aprovação, ou de desagrado, quando ele entrava na sala baixa de costuras, e sua mãe deixava cair no regaço, num gesto de derrota, de capitulação absoluta, os vestidos e panos que cosia para o enxoval.

No dia do casamento, chamou-a à porta, e mostrou-lhe os animais já prontos:

— Monta, minha filha, mais o teu marido. E nunca o tragas aqui, enquanto eu for vivo.

"Depois..."

IV

D. Ana ergueu-se, a meio corpo, e fitou com olhos sem brilho, perdidos na sombra das arcadas do pesado desenho de sua fronte, alguém invisível, que devia estar debruçado aos pés de sua cama, e disse:

— Depois...

Depois?

(Sim, sim. Tudo está dito. A mim mesma ou a você, não sei, não importa. É preciso dizer depressa, enquanto tenho a sensação de que alguém me escuta.)

"Depois, eles saíram do quarto, pela manhã, com os olhos presos pelo terror que ainda dormitava no fundo de suas almas incompletas, companheiras e inimigas agora. Pela languidez de seus movimentos, pelo quebrado mórbido de suas bocas, podia-se ver bem o cansaço dos gestos de amor que tinham feito, da agitação da noite que tinham passado. E quando, com toda a repulsa instintiva que os reunia e separava, eles se afastavam, cada um para o seu lado, sentia-se que era uma fuga necessária, a deles, para a vida cotidiana, para outros rostos, outras almas não marcadas pelo mesmo sentimento ignominioso que os perseguia."

Ela esquecia-se depressa de sua rendição noturna, e quando se achava entre criaturas que refletiam apenas os pequenos incidentes do dia, levantava a cabeça, com vaidade, e os segredos de sua alcova dela se afastavam como contos maus e mal contados. E o tempo passava, na sua inocência recuperada, numa esperança secreta e desconcertante de que nada mudara. Mas, à noite, quando de novo se encontrava com Nico, todos os seus gestos se escravizavam, e o estranho langor que se apossava de seus membros a enchia de confusão. Tudo que até ali era explicável se apresentava criminoso, e, com esforço imenso, voltava a ser ela mesma; então, de novo, um romance muito puro se iniciava, terminando sempre violentamente...

"Depois, depois vieram os anos escuros, sem nome, quando ela, fechada na sua nova casa, pequena e sem mistérios, envolvida pela cidade ameaçadora e dormente, esperava o marido de volta de suas viagens inexplicáveis, das quais retornava embriagado e quase sempre ferido. Todos que a cercavam sabiam do drama ignóbil de sua vida, e ela via nos olhares compassivos que a acompanhavam por toda a parte, o insulto igual ao de sua antiga piedade pela mãe.

"Como seus irmãos, Nico batera-lhe muitas vezes, e não quisera nunca ouvir as suas explicações lamentosas, rindo de seu gaguejar humilde.

"Ela esperava-o com ódio e com amor, num estado permanente de exaltação fria, com grandes pensamentos gelados pesando em sua cabeça, atrás de seu rosto impassível, com o corpo alquebrado por infindável e minucioso cansaço.

"Parecia ter as mãos, os olhos, a boca, atados por fios invisíveis, e, em torno dela, o pó e os detritos de toda sorte se acumulavam, numa derrota vergonhosa e sem remédio.

"Uma noite ele subira as escadas vacilantes, pesadamente, rouquejando uma horrível canção.

"Era aquela!"

V

"Esperava-o, como sempre, imóvel, paralisada subitamente por um repouso total, como a caça que ouve o tropel dos caçadores junto de sua toca, e esperava enfim, serena, o seu sacrifício...

"Fitava na porta, por onde ele devia entrar, os seus olhos que viam e não viam, perdidos e agudos, enterrados sob os supercílios, numa espera silenciosa, sinistra, vigilante e ausente ao mesmo tempo.

"No fundo da noite, além das terras sombrias, a cidade espreitava silenciosa.

"Sentira-o aproximar-se como num sonho, e recebera, nas trevas, o seu beijo imundo. Era como se a própria noite, entrando pelas janelas abertas, como se toda a miséria da terra a possuísse e afirmasse sobre ela o seu implacável direito de futuro e de vida eterna."

Suas mãos se estenderam, hesitantes, e encontraram a boca viscosa, o pescoço latejante e úmido que pesava sobre sua espádua...

E de súbito o corpo de Nico se inteiriçara, e seus braços formaram uma pesada cadeia em torno dela.

O relógio, lá embaixo, bateu num só golpe a noite alta e ela viu naqueles olhos, na sombra, a marca do Anjo emissário.

"Arrancara-o de si, deixando-o cair como uma coisa, um farrapo que se desprendera lentamente, pouco a pouco, do seu corpo dolorido.

"E assim ficara, de olhos pávidos, na tremenda espera de seu despertar.

"E ele não despertara mais..."

VI

"Estava só e livre.

"De um momento para outro era arrancada de seu longínquo refúgio, do fundo de sua vontade de ausência, onde, como nos rios subterrâneos, se agitava uma água frenética e negra. Na sua longa submissão, feita de experiência resignada, de incompreensão e repugnância, dormia um desejo afastado de revolta, de disputa acre das migalhas que a vida nos deixa cair de sua mesa, e esse desejo vivera ao seu lado, como uma força traiçoeira.

"Sua imaginação, que nunca soubera o que fosse alegria, desatou a galopar em dolorosos e claros sobressaltos! A sua resignação se quebrou, com deslumbramento, perdendo-se rapidamente na voragem da libertação repentina de todas as prisões.

"Um sangue corajoso e quente fizera a sua aparição, em grandes impulsos, intermitente e lento, ora animado de secreta veemência, ora abrindo-se em revoltadas expansões, ora escondido e surdo, numa tumultuosa espera de raiva e de traição.

"Não podia conter seus desejos, não tinha armas para defesa contra eles, ou para retê-los, quando pareciam fugir desesperadamente, em voos loucos, irreprimíveis...

VII

"Totalmente só, demasiado livre...

"Sentia confusamente que todos se apressavam para um fim, que ela não compreendia qual era, nem via coisa igual em seu futuro, amplo, enorme, que recuava sempre, e era sempre o mesmo. O contato direto e confidencial com a felicidade, cuja volúpia amarga ficara perdida em seu cérebro, trouxe-lhe um irremediável desequilíbrio.

"Ali estava. Vazia de alma, estranha a tudo e a todos, vendo na vida apenas uma longa e minuciosa despedida, como a morta que olha o mundo com seus olhos que já pertencem à terra...

"Sentia-se em absoluto abandono, e os passos surdos que despertavam o eco da rua, e que a princípio nela faziam brotar ofegante alegria, quando reconhecidos, e depois já lhe tinham feito medo, agora eram apenas a única sensação de companhia e existência humana que lhe restava.

"Ela sabia que não era possível aceitar a felicidade sem freios que imaginara. Voltaria dentro em breve para sua antiga e primeira prisão. Para a fazenda negra e sonora, retumbando ao som dos grandes martelos e dos gritos de raiva e de mando. E o seu cavalo, com passo seguro e lento, a levaria sem hesitar para o cárcere sem grades e sem portas, que, indiferente e sempre desconhecido, se abriria diante dela, como se fechara anos antes.

"Mas, agora, seria ela mesma a sua própria carcereira..."

VIII

Voltando de novo a si, d. Ana olhou com impaciência para as trevas em torno e lembrou-se, com secura, das dores que a espreitavam, e decerto iriam surpreendê-la ali sozinha.

— É necessário que ele nasça — pensou, e sentiu-o mover-se, imperceptivelmente, como se já orientasse os seus passos para o mundo. O ventre enorme, coberto com a colcha branca, pareceu-lhe surgir da penumbra, no meio do leito, como uma montanha de neve, de países distantes, estranho ao seu corpo magro e masculino. Fixou-o com os olhos já habituados ao quarto unicamente iluminado pela luz vaga das estrelas, que entrava pela janela aberta, pois costumava ter falta de ar, e em seus olhos passou uma interrogação. Continha um mistério indecifrável para ela... uma alma nova.

Quis sentir que era ainda o seu corpo, aquele volume que a prendia ao leito, e passou por ele as mãos emagrecidas, e sentiu a sua dureza, as suas curvas bruscas, assustadoras.

Que pensamento oculto já se formava naquela cabeça, que lhe parecia prender entre os dedos, que ainda não vira, e que a acompanhava há tanto tempo, dentro dela e sem que obedecesse à sua vontade? Que se passaria naquele coração, que sentia já palpitar, e cujo bater não respondia a nenhum de seus anelos, não representava nada em sua vida, nem em suas lembranças de moça?

Tinha as pernas insensíveis, pareciam-lhe fora de sua pessoa, de outro corpo também, dela separadas por aquele monstruoso e pesado cofre de carne, que a prendia implacavelmente ali, longe de sua casa e de seus afazeres domésticos, como uma criada vadia... Fixava-a pelo meio, e lembrou-se dos insetos curiosos ou malfazejos, por ela colocados na mesma situação em que se achava, espetados com grandes alfinetes. E nesse momento sentiu uma dor aguda que a atravessava toda.

Não era a realização de um amor, de um prazer, sequer de um instinto, aquilo que tinha dentro de si. Tudo se passara fora de seus sentidos dormentes, de sua imaginação sempre posta em surdina, pelas preocupações e pelo desastre incompreendido do seu primeiro casamento.

Procurou dizer com ternura:

— Meu filho... — e apenas lágrimas rápidas, pequeninas, correram de seus olhos, queimadas pelo calor de seu rosto, onde subira uma onda de secreta vergonha. Não sabia dizer aquelas palavras com o sentimento que julgava ser necessário. Quando pedira que a deixassem só, pois o médico lhe dissera que devia esperar ainda algumas horas, o seu marido a olhara de soslaio e dissera aos outros:

— Ela quer rezar, e vamos aproveitar descansando um pouco.

Mas não fora para rezar que d. Ana pedira para ficar só.

Desde que se casara pela segunda vez não se deitara por doença. Não quisera nunca tomar um remédio e receber cuidados dos outros. Agora, via nos rostos inquietos que se debruçavam sobre ela, nas mãos trêmulas que se estendiam para os objetos por ela desejados, nos lábios que sorriam, a ânsia de socorrê-la, e sentia que se aceitasse esse socorro, ouviria até palavras de ternura!

Revoltava-se com essa mudança. Não queria que assim lhe roubassem os motivos de ódio e de afastamento que guardava em seu peito, como uma reserva preciosa de segurança e de tranquilidade em sua vida.

Nada tinha, nada a prendia ao mundo que a cercava. Era uma estranha entre estranhos, e poderia partir um dia, ir embora, sem levar nem deixar saudades.

Dela surgiria agora uma cadeia pesada, que se estenderia por dias intermináveis, através dos anos sem fim, cada vez mais pesada, cada vez estreitando ainda mais os laços que até então se tinham fechado sobre ela.

Levantou as mãos até os seios, lentamente, em movimentos indecisos, como uma cega, e sentiu-os também turgidos, palpitantes, à espera.

Todo o seu corpo se preparava, em silêncio, para uma festa, para a qual não se sentia convidada.

Arrastara até então, indiferente, cansada, surda aos clamores que a cercavam, a sua vida estrangeira e inadaptável.

— Princesa destronada! — repetiu, muito clara, em seus ouvidos, a voz áspera de sua mãe, como o fazia em sua infância, diante de sua inabilidade para os trabalhos mais comuns da casa. E o mesmo sentimento surdo de medo, inexplicável, que a fizera criar peça por peça, depois de sua viuvez, a figura que agora representava, de mulher rígida, tudo sabendo e tudo dirigindo com implacável segurança e exatidão, voltou a agitá-la. Sentiu um grande tremor percorrer os seus membros, que pareciam tão longe uns dos outros.

Agora alguém levanta o seu leito, depois de sacudi-lo brutalmente.

O seu corpo cresce, cresce, torna-se muito leve, e tudo sobe para o teto, num salto silencioso, como um balão enorme.

Longe dela, no ar, passou uma dor fulgurante, tremenda...

Soltou um bramido feroz, sobre-humano, e mergulhou na escuridão que a espreitava, cheia de dores e espantos...

IX

Nascidos os dois meninos, já preparados em longos panos, depois de bem lavados em grande bacia em cujo fundo reluzia a moeda de ouro destinada a dar-lhes riqueza, a ama chegou-se ao leito e perguntou a d. Ana, que se mantinha imóvel, muito pálida e calada, com as mãos agarradas às cobertas:

— Como se chamarão os gêmeos?

D. Ana murmurou secamente, sem olhar os filhos:

— Pedro.

Mas eram dois! E a preta, vagamente assustada, não ousando insistir, não compreendendo bem o que se passava, voltou a colocá-los no berço que fora comprado para um só, e, depois de ter consultado a curiosa e as outras mulheres que tinham entrado no quarto, disse, pegando em um deles, ao acaso:

— Este chama-se Pedro.

— E o outro? — interrogaram.

— Chama-se Antonio — respondeu ela, apressadamente — é o nome do pai.

Mas logo benzeu-se, diante dos olhos parados que a fitavam, e repetiu:

— É Pedro! Meu Deus... é Pedro! É Pedro que é o nome do pai... Antonio é o nome do outro...!

X

Mas o menino ficou sendo mesmo Antonio, e parecia não poder viver sob o peso do nome do primeiro marido de sua mãe. Enquanto seu irmão surgia para a vida entre gritos e risos, ele murchava a um canto do leito, esquecido, encolhendo-se, todo enrugado, como se quisesse fugir, esconder-se de todas as enfermidades que o espreitavam, afugentadas pelas cores radiantes de seu irmão gêmeo.

Era a presa fácil, era o resto, o reverso da vida de Pedro. E foi naturalmente que todos passaram a chamá-lo Nico, como era apelidado aquele que lhe dera o nome, e, para distingui-lo do morto, diziam todos: Nico Horta...

Nico Horta era pálido e magro, e sua cabeça parecia querer romper o pescoço fino, muito pesada para ele. Deixava os cabelos caídos no rosto, como se quisesse ocultar sua fisionomia.

Quando alguém inadvertido o chamava simplesmente Nico, ele sentia pousar em seu rosto os olhos pesados de intenções de sua mãe, e parecia-lhe que dedos muito leves acariciavam seus cabelos. Era uma sensação sempre inesperada para ele, privado de todo carinho espontâneo pela beleza vitoriosa de Pedro.

Percebia que todos tinham um movimento de recuo, quando o viam, depois do irmão, e compreendia que seu nome tinha qualquer mau encantamento. Era com uma espécie de alívio que via se repetir o gesto impaciente de seu pai, ou o desvio de olhos de todos, ao darem com o seu olhar oblíquo... e ficava humilhado quando lhe diziam palavras amáveis. Eram mentiras insultuosas, segredava a si mesmo, sem explicar porque assim pensava.

Quando saía só com o pai, e ele o puxava brutalmente pelo braço, Nico Horta compreendia e explicava a si próprio, a hostilidade que sentia crescer, sem remédio, no coração do velho, e o olhava em silêncio, com pena daquele estranho, que o tolerava por motivos misteriosos. Mas era sempre com secreto orgulho que o acompanhava, e sentia-se um rei, quando montavam a cavalo, juntos. Procurava andar constantemente a seu lado, fazendo com que a sua montaria roçasse na dele, com que seus dedos segurassem de leve o seu paletó e era uma delícia triste pensar que formava um todo com aquele homem distraído e amargurado.

Quando, em visita, seu pai pousava a mão sobre a cabeça dele, e dizia com voz velada: "É o meu 'segundo' filho...", sem dizer-lhe o nome, Nico Horta sentia um bálsamo muito doce correr pelas suas veias, morno e vagaroso, e abaixava a cabeça, rubro de humilde contentamento...

XI

Um dia Nico Horta caminhava ao lado de seu pai e ambos, de um só movimento, cruzaram as mãos no dorso, e se chegaram à parede da casa, que estendia em torno o abrigo enorme de sua sombra.

Naquela hora toda a mata estremecia, madura da tarde, de calor e de seiva. Homens vestidos de trapos sem cor, com enxadas e foices ao ombro, voltavam dos campos de cultura, trazendo no suor empastado do corpo o cheiro e o pó da terra forte.

Passavam por eles e os olhavam, levando a mão fechada ao desabado dos chapéus de palha em fiapos, já sem forma e sem nome, e se dirigiam em silêncio para trás da casa. Tudo se fazia dentro de um ritmo monótono, dentro das leis de milagre do trabalho da fazenda, animada por uma vida rude e oculta, prestes sempre a cessar, de repente, com a morte ou com a fuga daqueles homens seguros de sua miséria.

Da janela, ao lado de d. Ana, o médico os observava, e notava, com um sorriso, a similitude das silhuetas, a repetição dos restos de um em outro, quando se fitavam.

D. Ana, que chegara perto dele, parecia guiar, invisível, aquele vai e vem, e não devia ter notado o riso silencioso do médico.

Mas, a um rápido suspiro dele, voltou-se com rispidez e perguntou:

— Que é, doutor?

— Nada, d. Ana, apenas estava me recordando, a olhar para o pequeno Nico...

D. Ana apoiou-se à janela, avidamente, e seus olhos pareceram devorar a criança. Fez-se lívida, e, lentamente, com indizível autoridade, murmurou:

— Pode observá-lo à vontade, doutor. Se quer, examine-o de perto, às claras, como o tem feito, às escondidas...

E se entreolharam, hostis, em silêncio.

XII

Quando ele morreu, foi como se mergulhasse, de súbito, em um abismo. Nico Horta, apenas saíra o corpo, não se lembrava mais dele, nada lhe ficou na memória daquele homem que se fora sem se despedir... e que devia ser seu pai, como o era de Pedro.

Um dia, tinham partido para a cidade, e tudo se apagara em sua mente.

XIII

Por uma aproximação involuntária, Nico Horta vira surgir Maria Vitoria em sua vida, como uma continuação de seu pai.

Ela viera da mesma fazenda onde seu pai nascera, e onde se tinham sepultado, lentamente, todas as recordações de sua infância inocente. Havia naqueles olhos, onde rondava uma antiga angústia, a mesma afinidade escondida, o mesmo pedido latente de explicações que ele sempre vira no olhar de seu pai, reprimido e oculto sob aparente hostilidade. Desde que seu irmão Pedro partira para Rio Baixo, Nico Horta não tivera mais quem o olhasse com aquela sufocada cumplicidade, diante da presença imperiosa de d. Ana.

Maria Vitoria nada lhe dizia sobre os dolorosos problemas que sentia se erguerem entre mãe e filho, e um sorriso difícil pairava em seus lábios quando encontrava entre os dois, como um alto muro, o silêncio que se fechava sobre eles, ao ficarem sós na grande casa. D. Ana parecia não ter percebido a sua presença, e quando, com o rosto impassível sob o meticuloso penteado muito erguido, como os antigos trabalhos feitos com pedacinhos de cabelos mortos, por ela passava, exalando perfumes amargos de secura e velhice, descia para o chão os olhos indecifráveis e punha na boca um desafio mortal...

Mas a submissão absoluta de Nico Horta decerto a revoltava, quando d. Ana, em súbita explosão de cólera, inesperada, brutal, o acabrunhava com meias censuras, ditas em frases ríspidas, cortantes, silvadas, e o pobre gesto apagado, a queda natural e simples de suas mãos no regaço, muito separadas uma da outra, devia ter um significado que ela nunca pudera bem compreender.

E nessas horas Vitoria se tornava uma desconhecida para ele, toda envolta naquela abstenção voluntária, e depois, quando a interrogava, ela baixava os olhos, escondendo o seu pensamento, em violento contraste com o colo, que sorria entre as dobras do vestido, profundo como um horizonte...

XIV

Nico Horta sentia arder dentro de seu corpo de vinte anos um grande fogo, que o invadia em mil chamas. O seu sangue, enlouquecido, batia-lhe nas têmporas, louco, brutal, ameaçando transbordar ou explodir sem razão. Era um grande amor confuso e cego que se levantava em seu coração e pensava que havia ali excessiva alegria para ele.

Era um pobre, um miserável ser ainda, e talvez para sempre sem consciência de si mesmo, e decerto era necessário fugir daqueles sentimentos demasiado fortes e desencontrados, daquelas imagens que borbulhavam trêmulas e impetuosas, atirando-se de encontro às paredes de seu cérebro, em grandes e latejantes investidas.

Seu corpo sem linhas definidas oscilava todo, sacudido por aquela festa sobre-humana, que lhe parecia maior que toda a sua vida, maior que a morte. Para salvar seu equilíbrio, para manter uma verdade no seu presente e no seu futuro, era preciso longa e metódica doação de si mesmo, infinita renúncia das pequenas felicidades que lhe coubessem e exaustiva humilhação, que restabelecessem um acordo entre a monstruosa tempestade que sabia estar desencadeada dentro de si mesmo e a sua condição miserável.

Toda aquela pompa em desordem, toda a riqueza insuspeitada de seu coração, todas aquelas forças desencontradas e que pareciam maiores do que ele, seriam escravas de sua alma revelada; seus olhos adquiririam luz nova e o mundo se tornaria outro, dentro de sua vontade domada...

Mas a frieza de seu cérebro não era alcançada nunca pelo calor de seu corpo...

XV

Surgiram, então, as tentativas conscientes de transportar para o mundo a sua alma libertada. Mas todas as tentativas que fez, segundo um plano, foram baldadas. Qualquer gesto seu, qualquer palavra, tinha sempre uma significação enorme, e aqueles aos quais se dirigia sentiam confusamente como vinham sobrecarregadas de incompreensíveis intenções os seus gestos e as suas palavras, e ficavam atônitos, assustados, olhando-o como se vissem um fantasma na expressão demasiado viva de seus olhos. Era qualquer coisa de mau e de indecifrável que viam surgir, e sentiam que era preciso, indispensável, uma defesa diante daquela misteriosa dissociação entre a realidade cotidiana e as intenções incompreensíveis das suas palavras esquisitas e humildes...

E todos os dias Nico Horta voltava para casa com mais um espinho juntado ao seu cilício. Seus sacrifícios eram invejados, e a sua caridade se dispersava em cumplicidades, afastando-o de Deus...

Quando voltava para casa, e se fechava em seu quarto como em um túmulo, ele ouvia a música monótona de uma água invisível e parecia-lhe que eram as lágrimas intermináveis de um grande anjo inquieto, à espera da hora clara de sua salvação.

E o tempo passava apenas por usura, com receio também de chegar, até mesmo de se aproximar da liberdade prometida.

Fechava os olhos, com força, como se quisesse colar as pálpebras para um sono interminável e total, mas o fogo de seu amor enorme, inexplicado, o sufocava. E muitas vezes saía, em plena noite, como um lobisomem, à procura de paz.

E os moradores das ruas que se despenhavam no pequeno vale, lá embaixo, ruas sinistras e sonoras, contavam depois que o tinham visto passar, num caminhar inexplicavelmente rápido e silencioso, com destino sempre estranho, sempre desconhecido. E quando as janelas entreabertas se fechavam, era com medo que se recolhiam, guardando ainda por algum tempo aquela sombra atormentada e fugidia nos olhos, e esperavam no outro dia a notícia de algum crime, de alguma coisa acima de suas compreensões.

— Parece o diabo... — diziam as mulheres de chale, e ficavam arrepiadas, só com a ideia de encontrá-lo, quando sozinhas...

XVI

Aqueles que dele tiveram piedade, e lhe explicavam em minúcias, as verdades dos livros que lera e compreendera de outra forma, ele os contemplava com o terror da esperança que lhe ardia na alma, e esperava com indizível alegria, com deliciosa angústia o momento em que deveriam partilhar a água e o pão da verdade sempre esperada.

Mas tudo se desvanecia em palavras, e ele sentia devorar o seu peito a fome não saciada, e voltava às suas longas, intermináveis e confusas leituras.

— Eu sinto o meu coração abrasar, fora de mim; ouço o que Ele me diz no caminho de Emaús — disse um dia Nico Horta ao padre que o acompanhava — mas...

E parou sufocado, reconhecendo, de súbito, as palavras que se tinham gravado, como escritas a fogo, na sua memória, e olhou com perplexo terror para o seu companheiro, que se mantinha calado.

Nesse momento, em plena noite, passou por eles um cavaleiro envolto na sua velha capa, e Nico Horta sentiu que o fitavam com monstruosa tristeza dois olhos sem rosto.

E o cavaleiro passou, sem lhe estender a sacola, sem receber a moeda, que lhe ficou na mão, por muito tempo, à espera, num gesto inútil de esmola...

XVII

E quando Nico voltou para casa, e sentou-se em seu quarto, o cão pousou a cabeça sobre os seus joelhos, olhando-o com intensidade nos olhos.

Havia neles uma verdade indecifrada. E Nico Horta compreendeu que chegara a um desses momentos nos quais um pequeno acontecimento, como o simples mover de uma chave nas estradas de ferro, orientam o destino para caminhos novos e desconhecidos. Um sentimento ao mesmo tempo de terror e de alegria pesou sobre coração, e a discordância das coisas o exaltaram, por instantes, com estranha violência.

— Estaria ali — pensou, a resposta aos pensamentos, que o faziam debater-se angustiosamente na terra? Por que sentia que todo o seu ser se tornava leve, como se cortassem, imperceptivelmente, as raízes que o prendiam ao mundo? E sabia, entretanto, com atroz lucidez, que em seu corpo, em suas mãos, pesavam demasiados vestígios de sua passagem entre os homens... E sentia invadir o seu coração uma torrente impetuosa de alegria, trêmula de indulgência e de simplicidade, e a esperança da paz vinha de envolta com essa onda de inverossímil felicidade.

O animal parecia querer dizer-lhe alguma coisa muito clara, mas a linguagem de seu olhar, onde pairava talvez um sorriso, era extraterrena, incompreensível de tamanha pureza. E Nico Horta, no silêncio de seu quarto, sentia que se confundia a música da água invisível, em seu eterno gotejar, com as batidas duras, vagarosas, de seu coração. Quis reduzir a verdade à sua exata proporção, e colocou as suas mãos pálidas, vazias de sangue, num falso gesto protetor, sobre a cabeça do animal, que imediatamente vestiu de humildade as suas pupilas.

Cessara o encantamento.

Nico Horta levantou-se e caminhou pelo quarto, seguido do cão. Quando passou pela porta, por onde entrara, fechou-a bruscamente, como se o outro olhar o estivesse espreitando.

XVIII

Foi nesse tempo que a situação da fazenda do Rio Baixo tomou o seu lugar na vida dele, numa nova e secreta obsessão, como os primeiros e longínquos sintomas de moléstia mortal que se anuncia, dominando as pequenas dores habituais.

Nico Horta sentia que um medo novo, vindo de fora, penetrava em sua alma e compreendeu que desabavam todas as suas humildes amarras e que fugia, agora involuntariamente do mundo em que vivera. A sensação de repouso, que se prolongara em sua adolescência, da segurança de estar ao lado de seu pai e de sua mãe, a quem não poderia amar, abandonava-o pouco a pouco, dando liberdade à chama que devorava seu corpo, criando nele um inexprimível vazio.

Esperava, com inquieto e ao mesmo tempo impaciente desejo, que sua mãe pronunciasse o nome da fazenda, diante dele, ou lhe mostrasse as cartas que recebia e cuja leitura era feita sempre em sua ausência, para então explodir em lamentações, em ameaças contra aqueles que queriam dar uma solução à sua vida. Preparava laboriosamente a sua defesa, a sua inocência diante da ruína e do desastre que se anunciavam sutilmente, com misteriosa insistência, e parecia-lhe monstruoso ter de explicar e justificar a sua atitude, que sempre lhe parecera sagrada, de abstenção e de alheamento. Mas não ousava encarar d. Ana, temendo ler no seu rosto uma acusação vaga, uma advertência incompleta, e a hostilidade crescia entre eles, inexplicada e angustiosa.

Um dia, d. Ana, com uma carta aberta no regaço, esperou-o na sala de jantar, sentada na cadeira de espaldar direito, e quando Nico entrou, fechando a porta sobre a chuva que caía lá fora, com a precipitação de quem quer fugir a um perigo, disse-lhe, sem fitá-lo:

— Quero falar com você.

Tudo lhe pareceu obscuro naquela sala tão simples. Na parede nua dois olhos mortos o observavam, calmos, como se estudassem qual seria sua atitude diante da prova que se aproximava.

Mas também d. Ana o observava, imóvel, na posição incômoda que tomara. E foi com um riso humilde que Nico perguntou:

— A senhora quer me falar do Rio Baixo?

E olhou-a bem de frente, mas compreendeu que d. Ana toda se envolvera, se enredara em preocupações diferentes, estranhas ao que tanto o preocupava, e foi sem surpresa, que percebeu não ser ainda o momento de lutar abertamente:

— É verdade. Lá está tudo em atraso...

Nico hesitou. Aceitaria aquela retirada? Conviria mais uma vez na derrota de Pedro como administrador, perdendo-se nos algarismos confusos de suas contas, e ainda daquela vez deixaria fugir a verdade, entre eles, como uma passante das ruas?

Sentiu subir-lhe à garganta, quente, imperiosa, uma sufocação. Seu coração parecia crescer, enchendo todo o seu peito, tudo querendo romper, para surgir nu, trêmulo de verdade, de desespero.

XIX

Era preciso haver uma explicação bem clara entre eles, o quanto antes.

— Minha mãe, minha mãe — murmurou com a voz entrecortada, ofegante, e, como a noite já invadira a sala, sentiu cair sobre seus ombros uma estranha e fria solitude, isolando-o do mundo, aprisionando-o num sonho cruelmente sereno. Foi pois, como se falasse de longe, que prosseguiu, sentindo, desde o princípio, que partira de um ponto errado: — Deixe-me dizer-lhe, ouça-me um pouco... Ninguém tem pena de mim! Vejo olhos que me espreitam e não olhos que me compreendem... sinto vergonha e medo! Queria que a senhora, por um instante, ao menos, se aproximasse de mim e me ouvisse!

— Mas eu o ouço meu filho — disse d. Ana e levantou-se.

Nico parou uns momentos. Compreendeu que tudo era ainda impossível. Esperou que seus músculos se distendessem, um a um, e se relaxassem, entrando no esquecimento da vida cotidiana, e disse, já calmo:

— Queria que me desse alguns conselhos sobre a administração da fazenda, antes de partirmos para lá.

— Eu penso que você salvará o Rio Baixo — respondeu ela, já com a mão na porta — mas, sozinho, sem encargos de família.

E ficou à espera, na sombra, por algum tempo.

Depois, Nico ouviu rodar a taramela, e ouviu-a acrescentar: — Partiremos depois de amanhã, e Maria Vitoria não vai.

Quando ficou só, Nico lembrou-se de Pedro, e a sala escura tornou-se enorme, imensa, maior do que a compreensão humana.

XX

Nico viu com benevolência aquele homem aproximar-se da mesa do café onde se sentara momentos antes, depois de hesitar longamente olhando através das vidraças, com disfarce, como o pobre contempla as vitrinas de luxo, e acompanhou com afável aprovação nos olhos a maneira deliberada e segura com que se sentou ao seu lado, deixando transparecer a certeza de ser bem-vindo.

Sabia, era claro, que vinha libertá-lo da cadeia mágica de solidão e de forçada mudez dos tristes entre os homens.

O sorriso de bondosa acolhida, o gesto natural de convite, tudo foi regulado e medido por essa sensação que os ligava em curiosa e espontânea cumplicidade. Via-se bem que era o primeiro sinal de vida e de ação humana que ambos davam e recebiam naquele dia longo.

— Este é um homem — pensou Nico, um homem como os outros — repousemos, repousemos!

Mas, uma vez sentado e servido, e trocadas as costumeiras cortesias, ficaram desamparados um diante do outro, sem que pudessem encontrar o pretexto verdadeiro da imperiosa atração que os unira em torno daquela mesa, diante daquelas pobres iguarias, servidas com displicência.

Comeram calados, como se tivessem pressa em sair dali.

Nico, sem saber bem de que modo provocar as queixas do velho senhor, disse umas palavras, que depois não pôde nunca recordar inteiramente. Parecia-lhe sempre, quando disso se lembrava, e uma vermelhidão intensa subia ao seu rosto, que falara "no momento crucial de sua vida, que o atormentava sempre, porque passara sem que disso se apercebesse, e que tinha vontade de quebrar seus horizontes, que formavam um só, bem nítido de desespero e solitude..."

Quando, com cólera mal definida, enfim compreendeu que estavam já em plena zona confidencial, era tarde.

Parecia-lhe agora ouvir suas próprias frases, repetidas dentro de um círculo de perversão literária, sem razão, sem realidade, num exercício aborrecido de ecos colhidos ao acaso, onde tudo faltava, porque não era uma queixa, e sim simples e irrisório estudo.

Mas, pouco a pouco, foi surgindo uma ânsia triste e insatisfeita, uma aspiração interminável, inatingida, e Nico sentiu que talvez ali estava o pequeno caminho aberto entre eles, momentos antes.

Mas, era tarde ainda. Sabia que não encontrara a mentira nos outros, e sim em si próprio, e, quando lia nos olhos de alguém a menor dúvida, mesmo inferior, sentia-se perdido e tinha vontade de fugir, porque também sabia que mentia...

XXI

Ele andava ao seu lado, lentamente, com certa solenidade tímida, e o seu ridículo "cavour" pardo, com as asas presas pelos braços cruzados no peito, estremecidas pelo vento e assim contidas, como se quisessem voar, davam a impressão de frade percorrendo as largas alas do claustro de algum convento do sertão.

— Eu sinto bem longe ainda a verdade — disse ele, e um sorriso branco se abriu em seus lábios — caminha para mim no mesmo esforço, no mesmo desengano que para ela me chama.

"Enleado — e apertava ainda mais os braços ao peito, fazendo cessar, aqui e ali, a libertação ao vento das pontas de seu velho capote — enleado, preso ao meu próprio vazio, eu espero, e meus braços caem pesados de toda a sua inutilidade, para recebê-la, para prendê-la nas trevas que me cercam, como um manto imenso de luto, que me envolve e me acompanha, quando recuo com medo... porque tenho medo, tenho medo..."

Continuavam a andar, de modo maquinal, em grandes passadas distraídas, envolvidos ainda pelo silêncio de compreensão e de confidência repentinamente revelada entre eles. Nico pensava, entre receoso e risonho, como seria fácil, naquele momento, comungar com o seu companheiro em uma só dor, em uma só covardia, em uma única mentira. Mas, depois, passada aquela igualdade que os unia um momento, como seria odioso arrastar atrás de si esse destino diferente! Como seria burlesco receber com desdém as mesmas confissões, agora ouvidas com o irreprimível tremor da verdade comum, e ver nascer, crescer a separação, que os faria se afrontarem, irritados, ofendidos, vendo juízos e julgamentos onde tinham visto apenas irmandade, na pobreza e na renúncia...

Foi, pois, com frieza, com álgida preguiça que disseram as palavras habituais de despedida, e se afastaram, na primeira esquina, sem pressa, sem que sentissem curiosidade de voltar a cabeça, porque cada um compreendia que era uma sombra estrangeira que se afastava.

E Nico Horta voltou para casa, onde o esperavam as altas malas que continham dentro delas uma vida nova e hostil.

Iria só, preferindo d. Ana partir depois, com as criadas, deixando Maria Vitoria com uma preta velha.

XXII

Nico Horta chegara como quem entra em uma galeria subterrânea, sufocado pela massa enorme que pesa no alto, nos lados, em tudo que nos cerca. Mas a impressão de afastamento, de silêncio secreto, que o tinha afligido ao abrir a porteira da fazenda, e que o fizera caminhar com os olhos cegos de sonho, pelo grande terreiro onde, sob o sol, tudo era ociosidade serena, lazer sem remorso, velhice sem luta, onde tudo era presente, essa impressão cessou e caiu, diante do rosto de Pedro que viera até a porta.

O olhar que o recebeu, coado por aquelas pálpebras muito pesadas, tinha o brilho da mica, fixo, imediato, da pupila dos mortos, e aquela figura parecia a Nico Horta fazer já parte do passado, meio esquecido.

Era como se um outro Eu que tinha estado à sua espera, espreitando-o de longe, segurasse a sua mão, numa posse tranquila, e o levasse para dentro, para o sonho novo, lento, muito esperado, laborioso, que se completaria em seu espírito, fora de sua vontade.

Depois de uma tarde de silêncio e de torpor, tendo sempre Pedro ao seu lado, obsedante, ele deitou-se e não pôde dormir, pois sentia o desejo impotente de tudo transformar com um gesto, partido apenas da coragem de criar. Via a janela recortada em prata, irreal, e tinha a surda certeza de que, se se atirasse dela, encontraria de súbito asas milagrosas para o salvar da sombra que devia envolvê-lo, num claustro de alegrias secretas, onde o silêncio escondesse apenas a agitação das rezas malditas...

Quando o luar se retirou de seu quarto, tal uma pessoa, deixando atrás de si insuportável sensação de ausência, Nico Horta levantou-se à procura de Pedro, seu único apoio, sua verdadeira e última realidade, agora.

Andou pelo corredor interminável, roçando as mãos pelas paredes ásperas, sentindo de quando em quando contatos sutis, moles, que desapareciam com prodigiosa rapidez, como se fossem dedos de fantasmas que viessem tocar em suas mãos, para verificar a sua condição de criatura viva. Finalmente, na porta de entrada da fazenda, ouviu que acendiam luz, e Pedro segurou o seu braço, mostrando-lhe lá fora a treva impenetrável.

XXIII

— Vês? — sussurrou a voz ofegante de Pedro.

— Não — respondeu Nico Horta, sem ainda compreender o que seu irmão esperava ver.

— É ela?

— Não sei...

E Pedro, diante dessa resposta hesitante, enterrou-lhe as unhas no ombro, e estendeu o braço para fora, alongando, o mais que pôde, os dedos que seguravam a lanterna surda, que até ali deixara pousada no chão.

Mas, numa gaiola de luz, o clarão da lâmpada avançou, vazio, na treva. Tudo parecia negro, ausente, como se a própria terra tivesse fugido, mergulhando na noite. Tudo se calara na mata vizinha, até o tempo tinha parado, e tudo e todos escutavam, à espera daquilo que devia vir, do ruído talvez dos passos de alguém.

Nada se ouvia, além do secreto palpitar da vida. O batido precipitado do coração dos dois irmãos se confundia em um só, e parecia a Nico Horta ouvir o trotar longínquo de animais apressados, batendo com as ferraduras na estrada negra de lama endurecida.

— E agora, vês?

— Não sei, não sei — repetiu Nico — penso que apagando a lanterna poderei ver melhor, mas de nada vale tudo isso, pois não ouço o tropel, e seria impossível chegar até aqui sem que se ouvisse alguma coisa...

Sentiu, no escuro, que o olhar do irmão se fixava nele, ardentemente, com intensa e interrogadora desconfiança, e depois, num momento, ao aproximar a lanterna do rosto, para apagá-la, viu os seus traços esculpidos pela angústia, irreais na sua estilização violenta e patética, com os olhos funerários sempre fixos nos seus. Conhecia agora, adivinhava enfim a verdadeira fisionomia de Pedro, e uma ternura miraculosa bateu em seu coração, ultrapassando os limites de sua alma, por aquele novo irmão, desconhecido até ali, que surgia agora à sua frente.

XXIV

Extinta a última luz em todo o vale, onde negrejavam as casas irregulares da fazenda, o silêncio encheu-se de ruídos e de murmúrios, num crescente rápido e confuso, que tudo absorvia, envolvendo em sua música febricitante a enorme vida escondida em seu seio.

— Acenda depressa! — disse Pedro, muito tempo depois. — Agora me lembro que a lanterna servirá de guia à viajante. Como poderá ela saber onde está a casa, toda escura e cercada de matas? Depressa! Acenda!

Nico Horta fez fogo e, com as mãos trêmulas, tateou em torno de si até achar a lâmpada, que colocou acesa entre os vidros, e com áspera impaciência entregou a Pedro.

— Por que você não vai ao seu encontro? Indo pela estrada poderá apressar a sua marcha. Vou me deitar, e não compreendo como pude esperar tanto!

Sem hesitar mais, arrancou-se do balaústre a que estivera agarrado três horas, e dirigiu-se para o interior da casa, pesadamente, como se carregasse duas pernas monstruosas.

Pedro escutou passo por passo, o ranger das tábuas grandes do corredor, o som mate das pedras da área que se agitavam, e, finalmente, a batida forte e imperiosa da porta do quarto que passara a ocupar em comum com seu irmão.

Não precisando mais esconder a sua angústia, deixou que seus traços se descompusessem num esgar burlesco, e caiu sentado no banco de pau que rodeava o estreito terraço.

Passou as mãos pelo rosto, como se quisesse arrancar a máscara que o cobrira, e um terrível soluço veio do fundo de seu peito, sacudindo-o todo, num gemido de voluptuoso horror.

— Ela não vem... é mentira minha.

E, com a cabeça baixa, todo dobrado, o tronco caído, as pernas muito abertas, (um boneco quebrado por inexplicável acidente), ficou por longo tempo, na completa ausência de tudo e de todos, sem lutas e sem dor.

Mas, pouco a pouco, começou a sentir, vindo de muito longe, o toque--toque monótono de dois cavalos, que brotou pequenino em sua cabeça, e foi crescendo, foi crescendo, devagar, devagar, até que retumbou em seus ouvidos, numa realidade sonora e ameaçadora.

Pedro não ergueu a cabeça, não levantou a lanterna, que ficara onde Nico a tinha pousado, não desfez a posição estranha em que se abandonara todo.

Vozes abafadas, ruídos familiares de arreios desatados, bater de botas na pedra da calçada do terreiro, o desmontar rápido e impaciente de viajantes que chegam de grande viagem, e, depois, curto conciliábulo, novos ruídos de cavalos despertados de breve repouso, alguém que monta e se despede, a porta pesada que se abre com precaução, rangendo em seus velhos gonzos enferrujados, e tudo volta, devagar, à paz anterior.

O trote da montaria daquele que volta perde-se no sonho lento e grave da floresta agora adormecida...

XXV

O perfil das montanhas se desenhou, no céu de leite da madrugada. As estrelas cessaram a sua dança; houve um momento de escuta, de espera atenta, e o sol, sanguinolento, surgiu com violência.

Tudo se tornou cruelmente nítido no vale sem neblina, abrindo-se com aspereza um grande vácuo de luz em torno da casa, que se ergueu, cheia de sombras, com duas janelas negras, abertas na cal muito branca, seus beirais recortados em asa de pássaro noturno, e pareceu também escutar, pensativamente, o apito longínquo dos trens de ferro, que talvez chegasse até ela como um eco esquecido. No alpendre, ainda escuro, a um canto, Pedro dormia encolhido, na posição das aranhas venenosas do mato, quando feridas, e que se escondem, para sofrer sozinhas.

Nico abriu a porta, recebendo no rosto o hálito morno da manhã, e aproximou-se do irmão, sem tocá-lo, e olhou avidamente o seu rosto, impassível, onde não se via o mais leve sinal de vida. Mas Pedro, como se sentisse o contato daquele olhar voraz, e seu convite para a vida, abriu as pálpebras, descobrindo os olhos indecifráveis. Neles rondava a inquietação vaga de se ter denunciado diante daquela testemunha inesperada.

— Ela veio, afinal, penso eu — disse, com a voz ainda pastosa, e um sorriso difícil franziu a sua boca — Entrou sem acordar ninguém, e foi para o quarto de baixo, mandando embora o camarada que a acompanhou.

— Quer dizer que... ela está mesmo no quarto? — interrogou Nico Horta, e fixou bem fundo os olhos do irmão — você viu quando ela chegou?

Pedro, diante daquele olhar, compreendeu, simplesmente, que havia um interesse talvez de vida ou de morte em sua resposta, e sua boca tomou uma expressão dramática, quando respondeu com amargura:

— Vi.

— Você viu? Você viu-a? — acentuou Nico pesadamente.

E como Pedro com a sua taciturna astúcia agora todo se distendia, numa afetação um pouco teatral de quem desperta de grande sono, Nico Horta teve um gesto de quem ia agarrá-lo pelas espáduas e sacudi-lo brutalmente.

Mas conteve-se, e viu-o levantar-se, descer as escadas e dirigir-se para o quarto dos arreios, à cuja porta o aguardava já, decerto, o cavalo que o conduziria ao eito distante.

XXVI

Nico Horta, assim que perdeu Pedro de vista, correu para o seu quarto, livre da presença importuna, da horrível companhia do irmão.

Deitou-se e ficou muito tempo entregue à morna preguiça que nos domina depois dos grandes acontecimentos. O laborioso e longo esforço, que fizera para se enquadrar dentro de um novo plano normal, gastara até o fim todas as suas energias por aquele dia, e a menor obrigação, o mais pequeno ato a cumprir, para o andamento da fazenda, parecer-lhe-ia, naquelas horas de ausência e lassidão, uma verdadeira montanha a escalar.

E pouco a pouco, abandonado pelo presente, mergulhou de novo em seu sonho. Os medos e as trevas, em silêncio, retomaram o antigo lugar à sua cabeceira.

De súbito, no meio deles, vozes estrondam.

Gritos, chamados, assobios perseguem um homem que corre, ocultando o rosto.

Com surpresa, com frio terror ele se reconhece no fugitivo. É a ele que se dirigem os sarcasmos e os risos. Todo aquele tumulto ignóbil é provocado pela sua passagem.

Chamas quentes percorrem o seu corpo, e ele corre, o outro corre, não de receio dos homens e das mulheres que devem rir por trás das máscaras de cólera que trazem, mas de medo de si próprio.

— É demasiado — murmurou, voltando-se na cama. É demasiado.

E encarou uma imagem que, da sua pobre mesa de cabeceira, o fixava sempre intensamente, e agora parecia desviar o olhar de seu rosto.

— É demasiado — repetiu pela terceira vez, e compreendeu que ia se entregar totalmente, e a escuridão se fecharia sobre ele, em torno de sua cabeça. Seus traços, agindo livres de sua vontade, distenderam-se em um riso demente, recebendo com alegria estrangeira as sombras que deveriam tudo dominar.

Era o isolamento final que se anunciava...

Já não tinha, há muito tempo, amizade pela sua infância, que ficara também do outro lado do muro espesso. Quando queria encontrar qualquer lembrança de si mesmo, era preciso tatear ansiosamente, como se procurasse um objeto num quarto sem janelas; sempre com a vaga apreensão de tocar em alguma coisa de vida traiçoeira e sem nome.

Era com dificuldade, lentamente, que essas sombras renovadas se abriam diante dele, dando passagem por longos túneis, para outros compartimentos onde havia também solidão.

— Há demasiados véus a levantar, disse alguém, para alcançar essa solidão... e adormeceu enfim, quando o sol, fugindo do céu puro e rígido lá de fora, veio refugiar-se em seu leito.

XXVII

Dias lisos tinham corrido até aquela noite, caída de chofre sobre a fazenda, e que se prolongava agora, vencendo o sol e o tempo.

Todos murmuravam que chegara a viajante, hospedada no quarto sempre fechado, e mantido em completo respeito pelos dois irmãos. Ela viera, vaga, misteriosa, escorregadia, como uma serpente que se esconde para melhor ferir, e desde então uma prisão mágica cercava e acompanhava a todos os moradores do Rio Baixo, que, involuntariamente, tudo falavam em tom de segredo, e desviavam o olhar quando interrogados pelos raros vizinhos.

Nico Horta e Pedro não se falavam, e a angústia maligna que tolhia os seus gestos e as suas palavras, dava aos seus rostos um fundo de imobilidade assustadora.

Suspeitavam um do outro, de que visitavam secretamente a hóspede.

Tinham se tornado dois desconhecidos que se acotovelavam absortos em pensamento iguais e ao mesmo tempo hostis, tudo ocultando, tudo pesando e medindo para a laboriosa defesa de sua solitude.

Toda a casa se tornara um Getsêmani de inquietações e remorsos.

Os criados, que se aproximavam com precaução, no receio sempre presente dos súbitos furores dos donos da propriedade, inexplicáveis para eles, agora entravam e saíam com inesperada segurança, sabendo-se invisíveis diante da preocupação absorvente de seus tiranos.

Na cozinha, a velha negra que os criara, via e ouvia tudo com a resignação fatal de sua raça, pois ela sabia que dos senhores se devia ter medo sempre, um terror sagrado que guardava no fundo de seu coração de mãe humilde e forte, iniciada desde a infância nos mistérios e castigos da família de seus donos.

— Negrinha, reza direito! — dizia-lhe secamente a sinhá-moça daquele tempo, dando-lhe forte pancada na cabeça, quando não conseguia fazer sair da garganta o erre de "fruto" ou de "espírito".

Vinham-lhe as lágrimas, engolidas em silêncio, mas não podia nunca completar aquelas palavras de santo, e tinha a sensação de estar numa roda de suplício, dominada pela sinhá, que tudo tinha e devia ter, porque assim era o mundo.

Depois, quando qualquer daqueles meninos-deuses passava por ela, já sabia que devia fingir que não os via, e o seu desejo imenso de acariciá-los, de tirar-lhes os sapatos brutais, em contraste com os pés tão brancos, bons para serem acarinhados, disfarçadamente, como grandes flores, ao tirar-lhes as meias, o mais lentamente possível, prolongando o receio delicioso de um pontapé atirado distraidamente ao seu velho ventre estéril, habitado apenas por fantasmas desprezados, tinha que ser guardado bem fundo.

Ela sabia que só poderia satisfazê-lo nas doenças violentas, que os derrubavam de vez em quando de seus altares.

E então a sua vingança excedia todos os limites, num complicado dédalo de cuidados e de ciúmes, de prerrogativas e de precedências que nenhuma outra criada lhe disputava, mas que lhe dava um terrível trabalho para destruir e desarmar, até mesmo quando nem sequer uma sombra existia, tomando a sua frente.

Para seu equilíbrio era preciso conservar o terror da injustiça, da resistência ao seu amor enorme, e esse terror era transposto para a guerra surda que descobria num simples olhar de soslaio, num comentário mal compreendido, na sua passagem para o quarto onde o doente a chamava aos gritos.

Já homens, eles se tinham tornado inacessíveis, e a partida para a cidade trouxera-lhe um pouco de paz, pois sentira-se de tal forma sem apoio, que se entregara ao correr dos dias, como destroço de antigo naufrágio.

Agora, ela os tocaiava, vendo-os andar de um lado para outro, sustentados apenas por um fio que, ao partir-se, os entregaria em suas mãos, inteiramente. Sabia, por instinto, de modo confuso e triste, que tudo estava empenhado naquele esforço que os mantinha em pé. Então, seria a sua vez de salvar, de recolher um dos restos, ou talvez os dois, da catástrofe definitiva.

Lembrava-se ainda da alegria serena de sua mãe, guarda e ama do velho senhor, preso no quarto-forte, sacudindo as grades como um macaco, tendo na boca entreaberta a expressão de um grito inarticulado, e que morrera fechado no mutismo teimoso, que fora o primeiro sinal de sua loucura.

"O quarto-forte inda tá aí."

A negra inclinou-se na cadeira, e marcou com as mãos a cadência dessas palavras.

XXVIII

— Vitoria... Maria das Vitorias... — murmurou Nico Horta, e olhou furtivamente para Pedro, esperando que ele sorrisse ironicamente, com o desprezo que sempre manifestava, quando julgava que o queriam enganar, mas, no fundo de seu coração, timidamente, uma esperança brotara, de vê-lo inclinar-se, interessado, ao menos curioso — Vitoria... — tornou a repetir, e, de repente, um intenso rubor cobriu o seu rosto, e olhou encolerizado para seu irmão, que se mantinha impassível.

Assim ficaram algum tempo, até que Pedro, levantando-se preguiçosamente de sua cadeira, dirigiu-se para a porta, sem parecer ter percebido a presença de Nico Horta, que, levantando também, segurou-o por um braço:

— Você não ouviu o que eu disse?

Pedro fitou com insistência, mas sem que seus olhos readquirissem o brilho habitual, como se estivessem ainda adormentados, as mãos de Nico Horta, agarradas à manga de seu paletó, e perguntou com voz pastosa de sono e de indiferença:

— Era para eu ouvir?...

E, desembaraçando-se com um gesto simples, continuou seu caminho.

— Meu Deus! não me abandone, Pedro!... Você não terá uma coisa a me dizer... Eu preciso de alguém que me diga... — e parou, sufocado pelas mil palavras que lhe vieram à boca, acumuladas em ansiosos silêncios, em solidões irremediáveis. — É impossível que você não compreenda! Eu não posso...

— Você me explique o que deseja de mim, Nico, e estou pronto a ajudar, a fazer o que você me pedir. Mas, não sei de que se trata, nem o que você quer dizer com essas frases entrecortadas.

Parado, com a mão na maçaneta da porta, ele parecia revestido de um manto de gelo, longe de tudo que Nico poderia esperar. Como falar, como explicar àquele estranho, àquele estrangeiro, àquele ser superior, que tinha diante dele, os pequeninos e dolorosos segredos de sua alma, as dúvidas humildes, os sofrimentos sem sentido, que tumultuavam em seu coração, em ânsias, enchendo todo o seu corpo, ocupando-o inteiro, batendo em suas fontes, em todos os seus músculos, em todas as suas veias? Nico sentia como se outro homem, outra pessoa cuja significação e origem desconhecida, tivesse tomado posse de seu corpo, esforçando-se agora loucamente por sair, por fugir daquela prisão. Era preciso, primeiro, sustentar um enorme diálogo, uma discussão sangrenta com o intruso, e vencê-lo ou matá-lo, para poder enfim sentar-se ao lado de Pedro e explicar, calmamente, serenamente, o que esperava dele...

— Não, não, Pedro, você pode ir... Vá — disse Nico, voltando-se, para que o irmão não visse que estava prestes a chorar. — Eu realmente nada tenho que dizer... foi uma exaltação tola que me fez proceder assim.

Pedro tomou então o ar interessado que Nico esperava ver em seu rosto, logo no princípio:

— Mas, de que se trata, você parece sofrer por algum motivo?

— Vá, Pedro. Vá, Pedro! — disse Nico, com voz surda, mas, vendo que ele largava a maçaneta da porta talvez agora interessado sinceramente, gritou:

— Vá, Pedro!

E Pedro, erguendo os ombros, saiu, com um sorriso de incompreensão, talvez voluntária, nos lábios.

XXIX

Muitas horas depois, Nico abriu a porta que se fechara sobre Pedro e seguiu o caminho que ele devia ter seguido, tentando pousar os pés nos mesmos lugares em que ele devia ter posto os seus, e sentia que seu corpo se erguia, forte, sereno, como o de seu irmão, enchendo o mesmo grande espaço que ele...

A meia penumbra do quarto, ainda quente do sono pesado, parecia viver ela também, odorante de carne sadia, e as folhas da porta se fecharam sobre Nico com o desenvolver lento e macio da asa de um morcego.

Parecia que alguma coisa de violado e triste se iluminava com o reflexo da lua baça.

O vulto indeciso de seu irmão deitado esbatia-se na parede muito branca, e foi com um gemido que Nico o chamou, pondo de novo suas mãos no braço que pendia da cama.

— Quem é, que é? — perguntou ele, com voz arrastada.

— Ela não está lá no quarto — murmurou Nico. — Já bati muito e não me respondeu.

Pedro levantou-se de um golpe e cobriu rapidamente sua forte nudez, dirigindo-se, sem olhar para Nico, sem uma palavra, para a porta do quarto fechado. Ambos chegaram ao mesmo tempo, e o bater foi um só.

Mas o silêncio, do outro lado da porta, era completo, frio, ausente, e, por muito tempo, apesar das súplicas e das insistentes e sucessivas chamadas, nada se moveu no quarto.

Pararam um momento, e Pedro olhou de maneira esquisita para o irmão, sem nada dizer, com a testa coberta de suor.

O corredor se iluminava lentamente, de uma luz que parecia vir de muito longe, leitosa, e eles, como dois fantasmas, continuavam a bater.

Ouviu-se um leve ruído de passos, como em segredo, do outro lado, e Pedro, aplicando o ouvido à fechadura, ficou imóvel. Nico Horta não se conteve, e, puxando-lhe o braço com violência, disse em voz baixa e sibilante:

— Deixe que eu ouça, preciso ouvir alguma coisa.

Mas o ruído não se repetiu. Os dois irmãos olharam-se na sombra, procurando ver os olhos um do outro, para descobrir o que pensavam, e, de súbito, abraçaram-se estreitamente, sacudidos pelo mesmo soluço.

— Eu não poderei viver assim — disse Nico ao ouvido de Pedro —, tenho medo de você... e dela.

XXX

De repente, em uma iluminação súbita, total, Nico Horta compreendeu alguma coisa. Tudo se fechou sobre ele; o céu escureceu, as nuvens abaixaram e os pássaros cessaram o seu voo. Aqueles que dele se aproximavam pareciam vindos do nada, e só o esforço de assumir um aspecto real os aniquilava e os rejeitava ao seu inexistir anterior. Fixou com pavor duas mãos que se estendiam para as suas, vendo nelas apenas dois monstruosos campos de combate, de vida e de morte, e esperou com horror, quando elas o tocassem, que se desfizessem em líquidos viscosos.

(Sentiu o cheiro sufocante da podridão que nelas se achava escondido.)

Mas uma voz, perfeitamente normal, sonora, sadia, disse-lhe tranquilamente:

— Nico! espere um pouco mais...

(Espere, espere... pensou ele, com impaciência, como poderei esperar, se a morte aí está, ao meu lado, ao lado de tudo e de todos...)

Fez um esforço penoso, lento, para não olhar para trás, e disse com um sorriso:

— Ao lado, não, dentro. — E as paredes muito brancas do quarto pareceram-lhe desertas, enormes. Atrás delas agitavam-se fantasmas transitórios, passageiros de um dia, que se aproximavam, diziam coisas desconexas e se retiravam, violentamente arrancados por mãos desconhecidas. Ele era o único ponto fixo em toda aquela corrida insensata. Mas, fixo por quanto tempo?

E as mãos puseram-se a contar pelos dedos, tão poucos anos, talvez dias, horas, minutos...

XXXI

Com que pavor novo ele fez uma rápida revisão dos termos que empregara até então com indiferença! Subsistir, subsistência... como sabia agora o que representavam, como compreendia com feroz clareza a ânsia da disputa, minuto a minuto com o algoz que se prepara, dos segundos restantes de vida.

Todos lhe pareciam loucos, desesperados, agarrando-se à tábua podre que se desfazia entre seus dedos de náufragos perdidos no mar deserto.

— Fantasma!

Como pudera ouvir, rindo, essa palavra tremenda, pois seria ele, em breve, o fantasma!

De tudo e de todos, ele deveria se desprender, num só golpe, e apresentar-se sozinho, SOZINHO, perante o grande problema... Aquele livro que segurava, aquelas letras que traçava, tão tranquilo, aqueles dedos que se moviam a seu mandado, seriam restos de um morto esquecido.

Olhou para os lados, com horrível arrepio. Se fechasse as pálpebras, seria o corte cerce da realidade.

Estaria só, totalmente só, dali a segundos...

Tudo se fechou novamente sobre ele, e seu peito pesou, enorme.

Era preciso abrir as janelas, gritar, chamar alguém que morresse com ele, que o acompanhasse... e, no movimento brusco que fez, tocou em um objeto duro, gelado.

E nada mais soube, naquela noite.

XXXII

O tinir de campainhas, muito claro, que encheu o ar, dias depois, veio despertar a casa toda, e quando Nico chegou à escada da varanda da frente, já o carro nela encostava, para que as senhoras descessem, e, de uma confusão de chales surgiu d. Ana.

Logo que se firmou no primeiro degrau, tomou uma atitude ereta e severa, e dispôs-se a subir com dignidade, a dignidade que sempre impunha a seus gestos. Talvez corresse em seus lábios um sorriso furtivo ao ver o rosto estremunhado de Nico, que se debruçava sem alegria do balaústre do patamar, todo ele envolvido pela sombra enorme do beiral.

A manhã fora aquosa, cansada, indecisa; o céu sem cor pesava cada vez mais sobre a terra, e o som vertical dos grandes guizos dos animais rompia com insólita violência o torpor do pátio, onde sempre o ruído de vozes e de passos se tornava inconsistente, e monótono.

Era como se irrompessem chamas vivazes, dentro daquela umidade invencível, frias mas cegas de luz.

Nico Horta viu surgir de sob a coberta do *trolly* uma cabeleira profunda, limitada pelo severo penteado. Logo depois desceu a moça, sem levantar a cabeça.

— É Maria Vitoria — murmurou ele e um pequeno raio de luz vermelha brilhou em seus olhos, denunciando o embrasamento devorador e repentino de sua alma.

Muito lentamente ele se desprendeu da grade e desceu as escadas, encontrando sua mãe em caminho, e dela, como em sonhos, recebeu o abraço meticuloso. Ao aproximar-se de Maria Vitoria, havia qualquer coisa de miserável no seu riso tímido, e as palavras de saudação banal que trocaram não conseguiram trazer um pouco de verdade à cena que se desenrolava muito devagar, sem lógica, como se fosse representada por atores inexperientes, diante de um público severo e numeroso.

Pedro desceu da boleia, atirando as rédeas com ostentação para um lado, e, radiante, subiu resolutamente as escadas, segurando o braço de Maria, que o acompanhou cabisbaixa.

E Nico os seguiu, como um criado...

XXXIII

Passou o dia todo seguindo Maria Vitoria, com um vago receio de que ela fugisse, e viu-a entrar no quarto, no mesmo aposento que o aterrorizara dias antes, e ficou diante da porta, compreendendo de forma confusa que surgia agora a segunda etapa de sua vida, a que chegara sem luta e sem alegria.

Refletiu, interrompido por ideias contraditórias, que tudo estava ainda por fazer, e só pela reconstituição total de si mesmo poderia caminhar para o futuro.

Mas, como fechar os pontos de fuga de sua vontade e de sua inteligência? Até aqui vivera longe de seus próprios olhos, voltados para fora. Era preciso mudar a sua posição, incorporar-se dentro de sua própria significação, e só Maria Vitoria poderia completar o pequeno milagre de seu encontro consigo mesmo, milagre esse que se vinha preparando, lento e surdo, em um fundo comum de suas almas, subterrâneo e sem explicação sensível.

Era como um velho cântico de igreja, solene e cominatório, que ressoava agora em seus ouvidos, e Nico via aproximar-se a sua possibilidade de viver.

... e lembrou-se da frase entre risonha e severa de um de seus professores, que o olhava sempre com inquietação, vendo-o a todo instante longe de suas pobres palavras:

— Preste atenção, preste atenção, é preciso resolver-se a viver...

Ele devia viver e estava parado diante da porta da vida.

XXXIV

Diante deles, ao longo do rio, estendia-se, rente com a terra, uma grande nuvem branca, como se enorme pássaro caísse ali, exausto de longa viagem.

Frêmitos quase imperceptíveis, nas suas extremidades, pareciam indicar lenta agonia, de serena e última rendição.

Nico Horta sentou-se na grama, entre as raízes grandes de alta árvore coberta de ervas, e deixou seus braços escorrerem sobre elas. Maria Vitoria, ao seu lado, esperava que ele falasse, terminando a discussão já longa e sem solução. Ao menos era preciso espalhar as ideias sombrias que tinham surgido e se aglomerado entre eles, formando barreira capaz de gelar qualquer gesto de aproximação.

— Mas, Vitoria, — perguntou Nico Horta depois de muito tempo, com meio sorriso nos lábios — você me... ama?

— Eu te amo — respondeu ela, marcando bem as sílabas, sem que qualquer músculo de seu rosto se agitasse. Apenas seus lábios se moveram, e a voz se produziu como a dos autômatos.

— Eu te amo! Eu te amo! — repetiu Nico, maquinalmente, com surda irritação — mas você sabe o que significam essas palavras, você já compreendeu a sua verdade?

— Eu te amo — tornou Vitoria a dizer, em voz baixa, e, depois de hesitar alguns momentos, confusa, com lágrimas no rebordo das pálpebras, acrescentou ainda mais baixo — não sei dizer de outra forma...

— Mas você não me conhece, não sabe quem eu sou!

— Conheço... agora — murmurou, involuntariamente, Vitoria.

— Agora! — repetiu Nico, com extrema violência — mas amanhã, e depois e depois! Você conhece apenas aquele que procurou, e por isso nos encontramos, mas como poderei prender, como poderei fixar essa figura, que você tem agora em seu poder? Quem sabe eu tenho dentro de mim, escondido por mim, pronto a irromper sem remédio, o seu inimigo! E... não fomos só nós, que nos encontramos — acrescentou, pensando.

Vitoria ficou muito pálida, como se tivesse surgido diante dela uma visão triste, e, sentindo que seu gesto se tornava convencional, tirou as mãos dos ombros de Nico Horta, e colocou-as, como se fossem dois objetos, no seu próprio regaço.

Abaixando a cabeça, ela parecia contemplar a si própria, examinando com vagar os seus segredos, que se tinham reunido em um só, por momentos, e agora voltavam a ter vida autônoma.

— Mas... e você? sabe quem eu sou... — disse, sem erguer os olhos.

Era apenas uma mulher, que Nico Horta tinha diante de si, e que o interrogava.

XXXV

Nico Horta fechou então os olhos e entrou em pleno sonho, afastando-se de tudo que tinham dito até ali, deixando que seus pensamentos fugissem em todas as direções, (como o grande pássaro que se dissolvia na neblina) completamente livres, sem que fizesse qualquer esforço para reuni-los, para lhes dar um sentido.

Compreendia, apenas pela irradiação de vida que dela emanava, que havia uma presença humana ao seu lado.

Sua cabeça ressoava, enchendo-se de ideias isoladas, partidas de ponto desconhecido, águas tranquilas entradas na planície, perdendo-se em lagos, em riachos silenciosos, em pequeninos fios ocultos entre as altas ervas espalhados ao acaso, muito lentos, sem fim, sem planos, sem mandados...

Mas, escondida no espesso dessa serena tomada de posse, atrás de moita verdejante, onça na tocaia, pequena e feroz, ele encontrou uma pergunta:

— Quem é essa mulher?

E, de repente, tudo se ergueu e tomou vida, dentro dele. Sua solidão agitou-se, batida por fantasmas ansiosos, interrogadores.

Quis abrir os olhos e teve medo. Iria ver agora apenas a figura nova que revestia a verdade, com o olhar queimado de recordações, a boca sequiosa de outras vidas, o corpo palpitante, encobrindo criaturas desconhecidas e em desesperada expectativa...

Todo aquele mundo enorme e confuso, que ele sentia à sua espera, no calor que lhe chegava aos braços, que lhe subia pelas pernas, que lhe atravessava as pálpebras, com sua luz devoradora.

E um grande terror sacudiu secretamente seu coração.

Seriam muito maiores, muito acima de suas forças miseráveis as consequências desconhecidas da libertação que iria provocar com um simples gesto. Como poderia apoderar-se daquela alma, que ainda não surpreendera, e que talvez não surpreendesse nunca, conhecendo-a apenas pelos seus ecos longínquos e voluntários? Como poderia saber de sua aceitação do sofrimento, dela e dos que trazia em gérmen, e poderia nunca satisfazer os desejos ansiosos de um futuro muito longe?

Quando sentiu de novo em seus ombros o calor espesso das mãos de quem estava ao seu lado, fugiu de um salto, deixando, atrás de si, apenas uma mulher...

XXXVI

Nico Horta, correndo, despertou com os punhados de folhas que o grande vento lhe atirava agora ao rosto, em secretos chamados, e parou.

Fitou os ouvidos, à espera da voz que o chamara. Mas, depois de um gemido, o vento fugiu subitamente, e entrou na mata próxima.

Foi então que Nico se sentiu muito só, naquele silêncio recente, e correu de novo, indo também refugiar-se entre as árvores.

Cada uma delas tinha um segredo a contar às outras, cada pássaro uma queixa a transmitir, em linguagem cifrada, e Nico compreendia que cada passo dado era intromissão, era violar sem retorno aquela imensa câmara, aquele solene e fremente labirinto, estranho ao círculo de ferro que fazia sua cabeça estalar.

Seu andar tornou-se hesitante, as pernas se arrastavam, prestes a dobrar sob o peso de seu corpo, agora enorme, cruciante.

Andou mais alguns passos e foi dominado pelo desejo de se lançar ao chão, sem remédio, sem apoio, abandonando à terra os seus membros cansados e seu cérebro ressoante de perguntas.

Caiu de bruços, rindo-se vagarosamente, e estendeu o braço, para agarrar alguma coisa, e não cair mais fundo.

Seus dedos encontraram uma pedra. Apalpou-a. Sentiu que era muito lisa, com ponta aberta em fio agudo.

— Deve ser machado de índio... — afirmou, rindo ainda.

Mesmo naquela posição, não sentindo mais os seus membros que pareciam esparsos pelo solo, pôs-se a refletir, agora gravemente, sobre a história daquele machado de índio.

— Como viera ter ali? — perguntou espantado.

— Que chefe guerreiro o deixara cair das mãos distraídas? Há quanto tempo estava ali à sua espera?

Dentro de seu cérebro, por entre os clarões cor de fogo que o faziam viver dolorosamente, Nico viu passar, saindo da penumbra, o rosto de bronze, fechado, sinistro, onde brilhavam dois olhos vazios...

— Se estão vazios, como brilham? — perguntou com voz arrastada, sacudindo a cabeça.

Mas via bem o brilho úmido daqueles olhos que deviam não existir, mas que o fitavam com terrível e grave expressão.

— Por que me odeia, se não me vê — murmurou ainda – ele não me perdoa, e eu não sei o que lhe fiz... e também não me perdoo...

Outros índios surgiram, outros olhos espreitaram, por trás dos primeiros, todos aqueles olhos... podres!

Olhos podres, olhos podres pelo tempo, olhos podres pelo esquecimento, olhos podres que o fitavam, lentamente, com lutuoso horror...

— Mas eu não sou um ladrão — exclamou Nico, arrancando a custo as palavras de sua garganta. E afastou com a ponta dos dedos o machado, dizendo aos que o fitavam: "eu não o quero mais! não o queria mesmo!..." e sacudiu a cabeça. Mas os índios se desdobraram até o infinito, com surdo ruído, como o rufar de tambor do rio distante. E aquelas bocas mortas se entreabriram, cobrindo com suas vozes o palpitar de seus pés inumeráveis.

Nico Horta ouviu a sua música sem nome, que se foi tornando mais lenta..."mas eu sei o que estão dizendo! mas compreendo a sua queixa uniforme..."

— Que esperam de mim? — perguntou, dobrando a cabeça sobre o peito, escondendo seus olhos daqueles olhos parados, cujo olhar passava através de suas pálpebras sempre fechadas e de suas mãos agora apertadas fortemente em seu rosto.

— Eu nada sei e nada posso — disse, com infinito cansaço.

XXXVII

Repentinamente explodiu a seu lado um bramido surdo, longo, entontecedor.

A terra estremeceu. As árvores se recolheram, calando os seus pássaros. Até o rio pareceu suspender a sua voz eterna, tudo ficando à espera da passagem de grande touro...

Novo rugido sucedeu ao primeiro. O desejo bruto e fatal que eles exprimiam enfeixaram em uma só voz o renascimento da natureza, fecundada pelas grandes chuvas.

Nico Horta parou, com a respiração suspensa, e seus olhos tiveram nova vida, dentro do pavor silencioso que o cercava.

A mata inteira esperava, fêmea tímida e sequiosa, a visita do enorme animal que se aproximava, passos pesados, clamando sua força implacável.

A árvore a que Nico se encostara tremia, vibrando com aquele imenso cântico de vida, e o ar, sacudido e sonoro, saltou sobre ele, com suas asas invisíveis. Nico fechou os olhos e escutou o tumulto de seu sangue, e, quando voltou à razão, já fizera, sem o sentir, o gesto salvador. Correra para a fazenda e Vitoria o encontrou, rindo-se sozinho, sentado no muro baixo e tirando lentamente dos cabelos e de suas vestes as folhas secas e pequenos galhos que a eles se tinham agarrado.

— Por onde você andou? — perguntou Maria Vitória, acompanhando, divertida, os seus gestos torpes.

— Andei pelo mato, penso... — respondeu, rindo-se ainda mais, Nico Horta — e parece que corri como um cabrito por entre as árvores. E de nada me lembro do que vi ou do que fiz nesse tempo. Creio mesmo que pastei a erva tão verde, por baixo do capoeirão... e tenho pena de se ter acabado o meu Nabucodonosor, porque vejo que você tem coisas sérias a me dizer.

Maria Vitoria fitou-o — e viu no seu rosto uma volúpia ardente e séria, por inteiro despida de ternura, e compreendeu que ele trazia, no momento, em seus braços, uma ordem de destruição e de vida nova. No riso que se fechou em seus lábios Nico compreendeu também que fechara brutalmente o caminho com tanto labor encontrado pela moça. Vitoria recompunha agora os gestos e o rosto, e sentou-se ao seu lado como o faria se estivesse em um jardim público, na cidade.

— Tenho mesmo coisas graves que dizer — começou — mas não estou certa da utilidade delas. Vejo de repente que ainda não refleti bem sobre certos pontos.

— Não diga nada, não diga nada, Vitoria — murmurou Nico com voz que parecia vir de outra pessoa, de tão demudada. — Eu sei o que você que me dizer, o que você "acha" que deve me dizer, e que não representa o seu verdadeiro modo de sentir... nem o meu... — murmurou mais baixo ainda — e estou disposto a abandonar esse personagem, essa figura ridícula de teatro...

Nico ficou alguns instantes pensativo, mas tornou a rir-se, e exclamou:

— Você representaria o seu papel sozinha...

Vitoria levantou-se e foi para a casa, sem se voltar, sem mostrar o menor sinal de ofensa ou de despeito. Nico alcançou-a de um salto, e perguntou-lhe com inquietação:

— Que tem você?

Vitoria fez um visível e penoso esforço para responder com naturalidade:

— Nada. Apenas perdi o meu papel e fiquei sem tempo de preparar outro.

E sorriu. Mas o seu sorriso era misterioso e irremediavelmente amargo...

XXXVIII

Nico Horta sentiu-se criminoso e não quis aparecer perante os homens. Passou pela porta da capela e viu que estava entreaberta. Entrou e tomou de sobre um consolo o rosário de lágrimas de Nossa Senhora que d. Ana habitualmente ali deixava.

Ajoelhou-se e as contas fugiram-lhe por entre os dedos, como uma pequenina serpente silenciosa.

Lá fora tudo está vazio, tudo acabou, tudo se foi, sem deixar vestígios. Parecia-lhe que suas mãos eram inseguras ampulhetas, que não sabiam reter o tempo, nem a fuga das coisas amadas, de amizades, das presenças que o cercavam e o aqueciam por momentos... Todas elas fugiam, sem retorno, espantadas por ordens inaudíveis. Eram sinais, avisos imperiosos, que chegavam dentro de prazos regulares, vindos de outro mundo, sobrenaturais, e retinham sua vida no instante preciso da alegria e da ressurreição.

(Não pudera nunca explicar de outra forma a recusa súbita, aparentemente absurda, que então se erguia à sua frente, apresentada com a inflexibilidade dos muitos vencidos.)

Alguém, de muito longe, devia gritar: pare! e ele obedecia, sem ouvir, entretanto, essa ordem... Por que recuara tantas vezes diante da felicidade vulgar, da paz oferecida, da vitória sem sangue... por que recuara tantas vezes da própria saúde de seu corpo e de seu espírito, como quem se afasta da estrada interditada, do caminho interrompido?

(E a revolta crescia dentro dele, quando, em pleno recuo, aceitava sua incapacidade para o avanço...)

Eram pobres razões humanas as que se apresentavam a seu lado, para ampará-lo na fuga, deixando então que tudo e todos prosseguissem na marcha sem fim, e via que tinha parado apenas, que não fugia... Por que parava, por que sabia que devia parar, sem conhecer a razão dessa ordem?

E estendia-se sobre ele a grande onda da humilhação mais triste, que era essa ignorância de sua própria verdade.

(Suspeitava que nunca se poderia estabelecer o diálogo que lhe era oferecido.)

Como uma chaga secreta essa dúvida desmedida o fazia sofrer sem socorro possível de alma de homens. Era a grande provação, a inútil, a causticante, a eterna...

Tinha medo da oferta, tinha medo da recusa, tinha medo da mentira total dessa luta branca, que o acompanha, e sempre fora dele, nunca atingindo o fundo verdadeiro e desconhecido de seu ser, talvez ainda intacto, num pequeno e obscuro milagre de inocência.

(Levantou-se e saiu da capela, e parecia que muitos olhos o seguiam, outras mãos se recompunham, num gesto simples e claro...)

Era a sentinela perdida de Davi, e apagara em seu coração o selo divino da solidariedade.

XXXIX

— Tenho receio — disse Nico Horta — tenho receio do que vai acontecer nesta casa.

Havia muito tempo que ele sentia os olhos de Pedro pousados em seu rosto, e refletia confusamente sobre o princípio de morte, o gérmen de ódio que havia sempre em suas palavras, e que explodia de súbito, depois de lenta e surda evolução no espírito daqueles que o cercavam, aumentando a sensação vaga da dúvida e de insegurança que o atormentava.

Longe as montanhas subiam cada vez mais, tomando o céu todo, e as árvores da mata avançavam, em filas altas e cerradas, assaltando o vale com seus negros batalhões gesticulantes...

— Mas, que pode ser essa alguma coisa que vai acontecer — perguntou Pedro, despertando de sua contemplação — que pensa você que vai acontecer?

— Não sei — respondeu Nico, sufocado — um desastre... ou a entrada de alguma moléstia horrenda... ou a morte, que parece espreitar em todos os cantos desta casa...

— Você pode esperar pelo pior — e Pedro tinha o rosto impassível — o que nos vai acontecer é durar... e esperarmos pelo fim.

Nico Horta encolheu-se na cama, como se desejasse diminuir o seu corpo, tornar-se muito pequeno, desaparecer... Vivia nele apenas um desejo de paz esquecida, de alheamento completo, aquele mesmo que o vencia, no meio do rumor humano ou quando lhe chegava às narinas o cheiro forte da terra, dos animais e dos homens.

Conseguiu enfim isolar-se, ficar longe do irmão que o fitava novamente, com seus olhos serenos, e depressa perdeu a sensação de rotina, de estabilidade, de presença real, que o sustinham. Parecia-lhe que as paredes que o cercavam tinham desabado ao som de misterioso clarim, e tudo lá fora desaparecera...

Aproveitando a liberdade angustiosa, os seus pensamentos fugiam em bruscos e largos voos, e Nico Horta compreendeu com medo que em sua alma se abria de novo o vácuo enorme e irreparável.

Na solidão assim criada, a loucura abria outra vez os seus olhos apagados.

Pedro o fitava sempre, imóvel.

XL

D. Ana, dentro dos enormes corredores da casa e do terror dos negros, afastara-se de seus filhos e de Maria Vitoria, fazendo vida à parte.

Foi, pois, com surpresa que Nico Horta a viu chegar à entrada de seu quarto, parar um pouco, compor com meticulosidade o seu vestuário simples de fazendeira, e vir sentar-se à borda de sua cama, onde ele permanecia há vários dias.

— Está aí o dr. Melo, um médico excelente e que só por acaso conseguimos ter aqui na fazenda — disse ela — Tenho vontade que ele examine a você, que está magro, pálido e não come. Precisa tomar um remédio.

Nico olhou para sua mãe como se a visse pela primeira vez, e examinou-a atentamente. D. Ana suportou esse exame, imóvel, e, como se tivesse esperado que terminasse, continuou falando sempre com os olhos baixos, os lábios um pouco presos, muito tranquila:

— É preciso aproveitar a passagem desse médico por aqui. Seria muito difícil fazê-lo vir especialmente. Vou buscá-lo, pois está na sala, neste momento. Ele virá falar com você e logo depois partirá.

O médico, como se estivesse à escuta, surgiu nesse momento, vindo rapidamente do corredor, e trocou um olhar com a velha senhora.

Nico, vendo que sua mãe se retirava, despiu-se e ficou à espera. O dr. Melo auscultou-o rapidamente, e interrogou-o com insistência sobre vários detalhes insignificantes. E pareceu a Nico Horta que ele se esforçava por manter uma conversação, como as pessoas obrigadas a entreter um visitante.

Viram com alívio chegar d. Ana e Pedro, que trazia a correspondência e os jornais, e, sentando-se, dispôs-se a lê-los, sem dar atenção ao médico que se retirou com d. Ana, ambos um pouco apressados e confusos, como dois conspiradores.

— Vão tratar dos remédios — murmurou Nico.

E, voltando o rosto para a parede, lembrou-se de que, em criança, ele se defendia tenazmente contra o bem que lhe desejassem fazer, debatendo-se e gritando, e fugia das mãos que lhe ministravam remédios e das vozes que lhe davam ensino, guardando avaramente a sua ignorância e a sua morbidez, que lhe pareciam sua própria vida. E depois da luta, na mente infantil surgiam tremendos sonhos de serenidade e de paz dentro da dor e da inferioridade desejadas, e todo se consolava com a deliciosa pequena humilhação merecida. E as queixas, então como hoje, não encontravam eco, porque vinham envolvidas em longa teoria de escrúpulos e de restrições, e muitas vezes o julgavam um simulador, ao ser descoberto algum ângulo mal iluminado de sua alma.

As palavras de carinho esvaziavam-se de repente, ditas por estrangeiros cruéis, em língua desconhecida...

Seus braços e pernas tiveram um pobre movimento de agonia lenta. Ideias tristes, seguras do caminho largo, traçaram sulcos irreparáveis em sua mente, num andante surdo e tranquilo. Era uma cidade sem muros, vencida sem luta...

XLI

Quando Nico Horta despertou, sentou-se na borda do leito, e ficou parado por algum tempo. Via-se na sua palidez, nas suas mãos trêmulas, que ainda não voltara de todo a si e esquecera da presença de seu irmão. Era preciso dizer-lhe... e começou com voz cansada:

— O médico queria rir... — e examinou atentamente Pedro, espreitando qualquer sinal de dúvida em seus olhos indiferentes, dúvida essa que abriria um abismo diante dele — e me disse que nada tenho, não tenho nada!

Pedro abaixou o jornal e Nico leu em seu rosto a secura, o desamor, o receio escondido de ser apanhado em uma correnteza e levado para muito longe.

— Ah? — disse, simplesmente, examinando alguma coisa que se passava lá fora.

— Ah por quê? Por que você diz ah? Por que você diz isso? — exclamou Nico Horta impetuosamente, mas logo se conteve com violência, e prosseguiu com um sorriso trêmulo e voluntário nos lábios:

— Você crê que eu tenha alguma coisa? Julga saber mais que o médico? Vamos! responda! ou melhor, não responda nada!

Pedro fechara-se em sua abstração habitual. Depois de alguns minutos, como se vencesse enorme e gelada preguiça, murmurou:

— Não sei... mas olhe que ele é médico do hospício — e acrescentou, rapidamente — Vou sair!

XLII

O médico não partiu; passou alguns dias na fazenda, e Nico, que se armara de mil suspeitas e desconfianças, notou que ele não o olhava, deliberadamente. Cresceram então seus receios. Era claro que se tratava de um processo ingênuo de observação, e com certeza, às escondidas, ele tomava nota de suas palavras e de seus gestos. E tudo que fazia, os menores de seus atos se tornaram falsos, dissolvidos por um veneno sutil, só com a lembrança de que eram pesados e medidos secretamente pelo doutor.

O sorriso que mantinha nos lábios, o ar de simplicidade e alegria que tomava ao encontrá-lo, a segurança de suas resoluções diante dele, decerto não o enganavam, e quando Nico Horta, à noite, fechava a porta de seu quarto, era como se corresse uma cortina de teatro, e olhava com secreto rancor para seu irmão, que sempre encontrava deitado, e abria lentamente para ele seus olhos de pupilas desiguais, ao ouvir o ruído da porta.

Nico Horta procurava observar com atenção os traços de Pedro, a expressão de seu rosto impenetrável, e tentava muitas vezes imitar a sua impassibilidade, volvendo-se, no leito, e pondo-se de costas, contracenando com um interlocutor imaginário, que lhe dizia palavras sorrateiras e o fitava através das pálpebras...

E já por duas vezes surpreendera Pedro chorando.

Na terceira ou quarta noite, ele não estava no quarto, quando Nico Horta se recolheu, apesar de ter dito, quando se retirara da sala, que iria se deitar.

Durante as longas horas que se seguiram, Nico não pôde dormir e o tempo passava muito lento, entremeado de leituras sem seguimento, dispersas, e de pensamentos involuntários e confusos. Uma frase de Pedro passou muitas vezes pela sua mente, com as palavras em fila indiana, seguindo-se e se atropelando uma às outras... "O nosso quarto está maior", dissera ele, com um leve sorriso, e Nico não prestara atenção ao seu significado.

— Por que diria ele isso? — perguntou Nico a si mesmo, e olhou para o quarto, iluminado cruamente. Mas tudo estava em seus lugares, e a cama de seu irmão, intacta, se destacou na parede, como uma resposta difícil de compreender.

— Onde estaria Pedro? — mas logo, vencido pelo cansaço da insônia, ele adormeceu enfim, apesar da compreensão vaga, de que alguma coisa de anormal se passava, ter surgido em seu espírito, já invadido pelo sono. Uma onça pôs-se a rondar o seu quarto e soltava a espaços regulares miados surdos mas tão poderosos que as janelas tremiam. Era preciso fechá-las com cuidado, antes que ela invadisse o quarto. Depois de breve luta com a esquisita inércia de suas pernas e braços, Nico levantou-se de um salto... e acordou.

Alguém batia de leve na janela.

— Quem seria? e como teria quem estava batendo conseguido chegar até ali, justamente onde a casa era mais alta, dando para uma passagem em declive, invadida pelo mato?

Levantou-se com precaução e acendeu uma vela. Os batidos continuavam, baixinhos e insistentes, como de alguém convencido de sua razão em chamar, e certo de que seria atendido. Nico Horta perguntou quem era, abafando as palavras, para não acordar Pedro, e foi a voz deste que lhe respondeu, de fora: "Abra depressa, com cuidado!".

Nico olhou para a cama de seu irmão, e depois abriu silenciosamente a janela e viu que ele subira pela parede, servindo-se das saliências das pedras e tinha o rosto à altura do peitoril.

— Nico — murmurou ele bem no rosto do irmão — eles estão ainda segredando no quarto?

— Eles quem? — perguntou Nico estupefato.

— A velha e o médico — segredou Pedro.

— Não sei... por quê?

— Vai ver, eu espero — suplicou ansiosamente.

Nico Horta, sem poder compreender o que se passava, foi até o corredor e, dando alguns passos, espiou, através da sala, completamente às escuras, se havia luz no quarto de d. Ana.

Mas tudo parecia mergulhado em sono profundo, até mesmo o clarão da lamparina do oratório acendia e apagava, lentamente, como se cochilasse. Nico Horta voltou ao seu quarto e debruçou-se na janela. Mas não viu ninguém, e o silêncio lá fora era completo.

E Nico deitou-se e adormeceu pesadamente.

XLIII

No dia seguinte Nico Horta levantou-se e procurou saber o que se passara naquela noite. Mas encontrou logo Maria Vitoria que vinha da estrada, tendo em sua companhia, um rapaz, filho de fazendeiros vizinhos. Pareciam ter feito já grande conhecimento, pois a moça fitava o quase menino com uma expressão indizível de fecunda serenidade, de magia materna quase incestuosa. Maria visivelmente conseguira vencer a timidez que devia dominar aquele corpo claro, que por si mesmo constituía uma lição de verdade e de retidão.

Nico Horta ficou a olhá-los, perguntando a si mesmo, com inquietação, como se teria realizado aquele pequeno e rápido milagre, aquela quente promessa de vida e de desdobramento que se desprendia dos gestos de ambos, sem razão, sem porquês, sem o desejo de conhecer sua realização, sem curiosidade sequer de uma recompensa, apoiados apenas no momento, nas fontes da vida apojadas de sangue novo.

Teve vontade de correr entre eles, de sentir bem perto o calor renovado do coração de Vitoria, penhor e promessa de renovamento do seu. Mas, a lembrança de Pedro fê-lo parar onde se achava, e fechando os olhos sentiu que caía bem fundo, escorregando por ladeiras atrozes; seu coração se cobriu no mesmo momento de cilícios, pressentindo que outra morte se aproximava: a felicidade de Maria Vitoria...

Ela chegou perto dele, e sua voz não conseguiu de todo despertar Nico Horta:

— Fui mandar chamar o padre Julio, e encontrei o Luiz! Já somos muito amigos.

"Ela será feliz", pensou Nico asperamente. "Deve ser um amor súbito, enorme, aquele abrasamento de seu rosto pálido, aquela alteração de vida nova, aquele sorriso velado. É horrível esse halo de desejo, de langor intenso e morno que nem mesmo a alegria da manhã e a fragrância do jardim conseguem dissipar.

"Como não conseguira ele aquela ressurreição, aquela alegria galopante e livre que compreendia vir ao seu encontro, ao encontro de um estrangeiro, que tudo olhava como de dentro de uma prisão?"

Nico Horta lembrou-se então de que saíra para perguntar muito, e via que já qualquer coisa de novo se passava.

— Por que chamaram o padre Julio? — perguntou de cenho carregado.

Vitoria fitou-o, de modo curioso, com os olhos luminosos, como se guardasse um segredo palpitante, mas já sabido de todos. Por isso, foi com ar de cumplicidade, que segurou no braço de Luiz e respondeu:

— Ora, é para acompanhar o Pedro, que vai para a capital, agora mesmo...

E passou rapidamente diante dele, dirigindo-se para a casa. Nico ouviu-a então perguntar ao moço, reatando um diálogo interrompido:

— Mas você tem mesmo certeza de que é bom?

— Eu sou bom — murmurou Luiz com pureza.

— E você nunca pensou em suicidar-se?

— Não, nunca.

Maria Vitoria, tomada de repentino, medo largou o seu braço, e veio para junto de Nico. Via-se nos seus olhos crescer e dominar a inquietação sôfrega, a ânsia de ter conhecido aquele segredo humilde, aquele pobre mistério que se abrira diante dela, com a simpleza de uma verdade inútil e abandonada...

XLIV

Quando entraram na sala de espera, já dois sofás de couro trançado suportavam o peso de malas e cestas pesadas. D. Ana, ao ver que Nico, Maria Vitoria e Luiz entravam, fez um gesto de contrariedade, que logo dominou, cumprimentando, afável, o visitante e interrogando-o longamente sobre sua família.

Nico Horta notou que sua mãe parecia querer detê-los ali, não os levando para a sala de jantar, onde devia estar pronta, à espera, na grande mesa, a refeição da manhã. E pareceu-lhe ouvir um rumor de luta abafada, até mesmo gemidos, roucos e sufocados.

— Padre Julio não pôde vir já — disse por fim Maria Vitoria, — creio que ele só chegará de tarde.

— Não faz mal — respondeu d. Ana com marcada indiferença — O médico disse que ele mesmo, sozinho, faria companhia ao Pedro.

E fitou Nico Horta bem nos olhos, com frieza, mas com a evidente intenção de fazê-lo calar, de evitar que dissesse qualquer coisa.

— Eu sempre estou pensando que meus filhos são crianças, e por isso queria que padre Julio acompanhasse também o Pedro. Como se ele não pudesse ir sozinho — acrescentou, com um riso gelado.

— Você, Nico, vai mandar despachar essas malas. Já está tudo pronto e será preciso apenas mandá-las para a casa do doutor.

Depois, aproximando-se dele, e aproveitando um momento em que Vitoria e Luiz se tinham aproximado da janela para verem os cargueiros e as montarias que chegavam, d. Ana entregou-lhe uma carta e disse-lhe, bem baixinho:

— Mande esta carta expressa, e não mostre o endereço a ninguém. É melhor encarregar disso o próprio tropeiro, para que ninguém saiba na cidade.

Dirigiu-se, em seguida, para a grande sala, onde as altas jarras de leite e os dourados pães de milho se erguiam, em pirâmides, nos grandes pratos azuis. D. Ana serviu-os e pareceu a Nico que era uma pequena festa a que assistia.

XLV

D. Ana fizera com que Vitoria e Luiz o acompanhassem até uma certa distância, e Nico Horta, montado em um cavalo novo, com os arreios muito claros e lustrosos, deixava-se seguir no passeio, rindo todos três despreocupados e alegres.

Mas, ao passarem por um campo imenso, que descia, correndo para o rio, tenro e adolescente, parecendo à espera de crianças que deviam brincar e rolar em suas encostas, Maria Vitoria parou o cavalo perto dele e disse-lhes, olhando pensativamente para aquela visão campestre:

— Ele diz que é bom, ele afirma que é bom, e com que tranquilidade!

E um riso de dúvida anunciou-se em lábios:

— Você faz mal... você faz mal... — repetiu Nico Horta, absorto.

Mas uma gargalhada irreprimível sacudiu a ambos, e Luiz, batendo em seu animal, procurou esconder o rosto, ocultando as lágrimas que apontavam timidamente em seus olhos.

Nico observou então o ar triunfante de Maria Vitoria, e, levando distraidamente a mão à algibeira, encontrou a carta que tanto lhe recomendara d. Ana. Lançou os olhos para o seu endereço, e sentiu uma onda glacial que o percorria todo.

Maria Vitoria, Luiz, d. Ana e Pedro tinham morrido de repente, caindo por todos os lados, varridos por uma rajada. Sua alma, libertada de tudo e de todos, se reunia agora em um só centro, e tudo resolveu com extraordinária clareza e rapidez.

A violência contida que existia no fundo de sua humildade, guardada como um explosivo dentro de sua casamata, e que ele sentia ter chegado muitas vezes bem perto desse perigoso depósito, vinha agora à luz daquele dia claro. Desaparecera, num segundo, a criatura balbuciante que se debatera até ali entre alternativas imprevistas, para quem todos olhavam com desconfiança e talvez desprezo.

— É de todo impossível encontrar o único bem, o repouso que desejo e peço a todos — disse ele a si próprio, olhando para as pessoas que o tinham acompanhado e que agora lhe pareciam fantasmas sem sentido —. Eu não posso conseguir que se apeguem a mim, e isso é apenas uma das faces da minha morte lenta...

E levou as bagagens, despachou a carta, despediu Luiz e voltou para junto de Vitoria, já de noite.

XLVI

Na sala, Nico Horta deu alguns passos e parou, distraído por pensamentos de sua adolescência perturbada, e a inteligência quimérica e trêmula que o inquietara, sempre, voltou a flutuar no fundo de seus olhos. Mas breve fitou-os em Maria Vitoria, e tornou-se visível o esforço que fazia para conduzir sua própria atenção a se fixar no que vinha fazer ali. O desencontro, mais uma vez, entre a realidade simples que se lhe antolhava, Maria Vitoria costurando, à luz do lampião, pequenos panos, sentada em um grande sofá, e toda a teoria de pesadelos sobressaltados que o tinham conduzido até ali, fez com que uma nuvem subisse ao seu espírito.

— Não ousei ainda falar-lhe claramente — disse, com esforço e voz rouca, e a fuga contínua de seu olhar sublinhava involuntariamente a sua confissão de medo, do medo de quebrar aquele quadro frágil de serenidade, talvez de feliz alheamento.

Mas, logo que Vitoria ergueu os olhos do seu trabalho, ele compreendeu que ali só era real o seu sofrimento, e toda a perturbação desapareceu de seu rosto.

Foi com doçura humilhada e desconcertante que assentou ao lado dela e, segurando suas mãos, disse:

— Vou-me embora...

Maria desceu as pálpebras e sua boca se abriu sem risos, mostrando apenas os dentes muito brancos, entre os lábios agora quase invisíveis. Pareceu querer dizer alguma coisa, mas voltou silenciosamente a costurar.

— Já avisou sua mãe? — perguntou, depois de algum tempo — Pense bem no que vai dizer-lhe.

Nico Horta sentiu enquanto caminhava para o quarto de sua mãe, um grande vácuo doer em seu peito, e pensou bem nas palavras que iria dizer-lhe, e que depois, por muitos anos, seriam um eterno remorso para ela, no seu leito solitário de viúva, quando se lembrasse do filho que não soubera prender junto de si...

Mas, nada disse, e suas lágrimas molharam as mãos de d. Ana, fazendo-a compreender que era uma despedida.

E naquela noite mesmo tomou o cavalo para ir até a cidade distante.

XLVII

Nico Horta sabia que o percurso a fazer tinha de ser longo. Mas que importava o tempo, se ele não encontrara ainda uma resposta para a nova pergunta que agora dançava em seus ouvidos: para onde iria? para onde iria? A cidade, que o esperava lá longe, muito depois do trem resfolegante e tardo, soltando gritos de desespero nas montanhas, subindo penosamente intermináveis ladeiras, aquela cidade não era um fim, não era a meta de sua fuga... Em toda a parte ele era o filho pródigo, e esperava-o sempre uma festa de perdão injustificado.

Deixava, pois, que o corpo acompanhasse com moleza o balançar do cavalo, que seguia, com minúcia e persistência, a borda do caminho em precipício.

Sinuosa, lenta, longínqua, como o andar do animal, vinha de bem fundo de seu passado confuso, vinha embalá-lo a sensação que o dominava todo, da estranheza, do absurdo de sua vida sem ligação direta com a realidade. Seus amigos, seus parentes, aqueles que deixava para trás, e aqueles a cujo encontro caminhava, passaram todos diante de seus olhos como simples "casos" indiferentes, às vezes assustadores. Homens e mulheres que se riam e se agitavam inutilmente, com fitos obscuros e dispersos.

— Para onde iriam eles? Quem seriam eles? — perguntava Nico Horta a si próprio, com angústia, e olhava em redor de si, para os altos barrancos negros, como se olhasse para as paredes de uma prisão.

— Não conheci ninguém, não penetrei no pequeno mundo dos outros — murmurou ele, enquanto o cavalo traçava caprichosos desenhos com seu rasto na areia cintilante. E era sempre com dolorosa surpresa que descobria o segundo rosto daqueles que se tinham aproximado de sua mocidade sem entusiasmo, de sua infância calada e incompreendida. Quantas vezes um gesto, uma palavra, o tinham feito perceber de repente que estava só — repetia ele a si mesmo, com raiva — só, mas em plena vida dos outros, sem a menor comunhão dos sentimentos que sentia borbotar em seu peito numa latente e secreta efervescência, sempre recalcada e exacerbada pelos continuados desenganos.

O seu coração era apenas visível e sensível para os espíritos estrangeiros, e ele não sabia se os procurava como um clima novo e repousante para seu cérebro inutilmente agitado e torturado por dúvidas estéreis, ou se era abrigo, apoio e compreensão que perseguia, instintivamente, embora tendo no íntimo a convicção de que nunca encontraria aqueles que, tocados por igual loucura, o pudessem compreender e respeitar, recebendo como um presente, uma secreta esmola, o peso de sua amizade, tão complexa e lenta em sua tessitura miserável.

— É esse o meu drama, dizia ele — um drama ridículo e pobre, mas de intensidade crescente, com os anos e com o afastamento de todos os meus hábitos, de tudo que adquiri apenas pelo tempo de duração.

E o cavalo caminhava, caminhava. Rio Baixo ficara lá atrás, distante, confundindo-se com as montanhas antigas...

XLVIII

Espreitaram primeiro no rebordo do morro, que se recortava pesadamente no céu cinzento. Agitaram-se como braços aflitos, ansiosos pela sua chegada, e quando Nico Horta dobrou enfim a estrada, avistando o outro lado, as três palmeiras imperiais, que tinham crescido naquele pequeno alto, por um milagre, se perfilaram graves e ingênuas na sua majestade, formando um pórtico de suntuosa beleza, em estranho contraste com a fazenda. Era esta constituída por uma longa casa esmagada pelo telhado enorme, com janelas muito altas, decapitadas pelo beiral bojudo e cheio de limo, parecendo as telhas que o formavam gordas folhas de inhame. A varanda de onde partia a larga escadaria de entrada era grande e coberta, tendo dois grandes bancos de cada lado.

Tudo estava em silêncio, e o tropel do cavalo de Nico ressoava na terra dura, dela tirando sons de tambor em funeral, sem que um rosto curioso, um cão vigilante surgisse ao seu encontro. Só depois de ter apeado, depois de ter prendido as rédeas no moirão, e subido alguns degraus gritando: "Ó de casa!" é que surgiu diante dele um velho, de chapéu na cabeça e sapatos novos, de um amarelo muito alegre. Batia as pálpebras, como se acordasse naquele momento, mas sentia-se no seu vestuário o preparo, qualquer coisa que mostrava ter estado à espera do visitante.

— Chegue, meu parente, e venha tomar café...

Nico há muitos anos não via sua prima, e sabia que ela era agora mãe de muitas moças. Estariam elas em casa? Nada fazia prever a presença de criaturas humanas naquele escuro e baixo corredor que se abria diante dele, com uma grossa grade de madeira ao fundo, entre cujos varões se percebia uma luz vaga, da tarde, vinda naturalmente das janelas da sala assim fechada.

O fazendeiro sentara-se no banco do alpendre, e, tendo tirado do bolso fumo e palha, entregava-se, inteiramente absorto, à difícil e grave feitura de um cigarro sertanejo. Nico Horta, que sentia pelo corpo todo o cansaço da viagem, tentava em vão lembrar-se de alguma coisa que pudesse dizer-lhe, que pudesse interessá-lo, e fizesse, ao mesmo tempo, com que ele próprio esquecesse as reflexões que lhe vinham ainda em grupos vagos e discordantes à mente. Mas o silêncio se prolongava, e a posição incômoda que escolhera fazia com que tivesse a impressão de que duas pessoas se tinham apoiado, muito pesadas, aos seus ombros. Com o crepúsculo, a figura daquele homem se esbatia pouco a pouco, perdendo os contornos, e os seus gestos, muito medidos e curtos, aumentavam ainda mais a sua irrealidade crescente. Nico sentia com esquisita angústia as sombras o cercarem de todos os lados, naquele alto onde se achava, e pensava com medo no momento em que se perderia nas trevas, tendo apenas diante de si aquela outra sombra, mais escura do que as outras, porque guardava em si uma vida.

Todos os ruídos tinham cessado lentamente em torno deles, e um silêncio espesso, solene, ergueu-se do solo, perdendo-se no céu negro e pesado.

— São os meus inimigos de sempre que se acercam — pensou ele, lembrando-se no momento em que se veria só no quarto enorme que decerto o esperava, naquela casa morta. Uma vela trêmula tentaria em vão, em dança desesperada, clarear os seus recantos profundos, e ele teria de se debater, mais uma vez, sozinho, com os seus fantasmas habituais, o medo e o remorso. Remorso de viver, medo de viver...

Levantou-se, no que foi imitado imediatamente pelo dono da casa, e ambos se dirigiram para o corredor, de cuja penumbra saiu um rapaz, com o castiçal de cobre nas mãos, à espera de que o acendessem.

— Leve o primo para o seu quarto — disse o velho homem entre dentes, e, abrindo a porta grande, desapareceu sem mais saudar.

XLIX

Nico Horta vira com inquietação o seu primo pousar a vela perto do simples catre que guarnecia o quarto enorme, despir-se rapidamente e deitar-se sem que pudesse compreender ainda que a cama era também para ele. Mas, não havia outro móvel, a não ser uma velha cômoda, sem espelho e sem um santo sequer. Tinha de se deitar ali, e foi com lentidão que retirou a sua roupa empoeirada, prendendo-a ao espaldar da cadeira onde fora posto o castiçal, e depois, com precaução, estendeu-se ao lado do vulto imóvel do rapaz, que parecia dormir, com os olhos fechados e os braços ao longo do corpo, na posição dos mortos.

Nico apagou a vela, com a secreta esperança de que o terrível cansaço que lhe derreava os ombros o fizesse dormir imediatamente, esquecendo-se de seus visitantes noturnos. Mas a escuridão produziu-lhe o efeito habitual de cegueira e de morte. Como uma rápida visão, correram-lhe pela mente as suas tristes covardias, as suas hesitações eternas, as suas perguntas sem resposta...

Quis fechar as pálpebras com toda a força para sentir bem que, se nada via, era porque assim o desejava, ou talvez com o desejo de colá-las para que não se reabrissem naquele vazio todo negro. Vazio? e aquele corpo ao seu lado, aquela presença que se fazia sentir por seu odor de terra e de sangue morno... Um movimento que fizesse, e iria tocar em seu braço hirto, imóvel, pois não ouvia nem a sua respiração.

— Ele dorme — pensou Nico —, dorme, sem sonhos, sem angústias, como um prêmio forte e sadio de seu trabalho no eito. Cheio ainda de sol dos campos, sacudido pelo andar balanceado de seu cavalo, tendo a certeza do que faz e do que diz, ele repousa, ele REPOUSA, repetiu alto. Mas, assustado, esperou que dissessem algumas palavras e ficou à escuta, na sombra, sem ver o seu companheiro. Nem um sopro lhe veio ao rosto, que, entretanto, devia estar perto da cabeça do outro, pois sentia agora o cheiro quente de seus cabelos, e Nico pensou que devia ser assim o do pelo das onças da mata, cujas árvores avançavam até perto do muro arruinado das cocheiras. E muito tempo esteve com o ouvido fito...

Depois, cobrindo a cabeça, resolveu isolar-se, esquecer daquela presença, que agora lhe parecia insuportável e estranha. Como pudera aceitar deitar-se ali, ao lado daquela criatura cujo rosto nem sequer vislumbrava, cujos pensamentos lhe eram completamente estrangeiros, absolutamente fora de seu alcance? Como se encontraria, pela manhã, com esse corpo que partilhara o seu leito, e que fora para ele apenas uma prisão, um motivo de inquietação e de insônia. Quis levantar-se e procurou encontrar a vela. Mas decerto um demônio zombeteiro retirara dali a cadeira, porque sua mão nada encontrou, e, a um movimento mais brusco, seu corpo pendeu para fora, e teve de se agarrar ao rebordo da cama para não cair.

Lembrou-se, com um arrepio, de colocar os pés nus justamente sobre uma gigantesca aranha negra, e retomou a sua primeira posição. Mas a imobilidade deu rédeas largas à sua imaginação, e parecia-lhe que seu coração iria parar, de repente, surpreendendo-o em plena desesperança. Mas, por que estava desesperado? perguntou a si próprio, com severa impaciência. Por que não poderia dormir com a serenidade total de seu companheiro? E, nesse momento, olhou intensamente para ele, e pareceu-lhe que seus olhos se abriam na sombra espessa das sobrancelhas. Deviam estar abertos os seus olhos, mas a tênue claridade que pouco a pouco invadira o quarto, não se refletia, não provocava a menor centelha neles. Nico percebeu depois duas manchas levemente mais claras, rodeando os pontos sombrios que deviam ser as pupilas, parecendo cavidades apenas cheias pela treva nelas concentradas. Estavam paradas e não deviam fitá-lo. Talvez aquele corpo estivesse morto, e seus olhos sem brilho ali estavam perto dos seus, olhando-o sem vê-lo, de muito longe, de outro mundo... Não, não estava morto, estava apenas amortecido pelo pensamento sufocante que os apagava, pela reflexão pesada e enorme, que reunia, que devorava todas as energias daquele cérebro desconhecido que trabalhava ao lado do seu. Nico não podia fazer mais um movimento, fascinado por aquela luz negra, por aquela força morta que o prendia, que o escravizara totalmente...

Com lentidão, com um esforço longo, como se desprendesse da vida e do sofrimento, ele conseguiu fechar os olhos e esquecer-se, perder-se enfim na paz profunda da noite imensa, agora animada pelos grilos e pelas rãs, que tinham finalmente recebido o costumeiro sinal de início de seu concerto.

L

Quando já a cavalo, ouviu então na casa das palmeiras outra música que se iniciava. Eram risos jovens, um pouco discordantes e nervosos, que se erguiam alternados, num ritmo esquisito. Deviam ser as moças filhas do dono da casa, agora despertadas, pois a manhã era ainda leitosa, hesitante, e, através da ligeira neblina, que lançava um véu muito tênue sobre tudo, aqueles sons puros pareciam raios de luz que se transformavam, e a casa se iluminava assim na cinza e na penumbra, crescendo, acompanhando Nico Horta por muito tempo, ainda quando já na estrada se voltou para o último olhar... Eram aquelas mulheres um de seus sonhos de paz e de esperança, sonhos que lhe serviam de refúgio, de abrigo nos desertos de sua tristeza. Chegara até elas, dormira sob o seu teto, e dali levava apenas aquela música longínqua, muito alegre, mas inatingível.

Como conduziria o seu cavalo? interrogou-se, e parecia-lhe que suas mãos pesavam sinistramente insensíveis, completamente alheadas de seu corpo, retraindo-se sobre as rédeas. O animal, sentindo que o deixavam entregue a si mesmo, lançou um curioso golpe de olhos a Nico Horta, olhos que pareciam assombrados e ao mesmo tempo zombeteiros, e pôs--se a pastar as grandes ervas que se erguiam de um lado e de outro do caminho, como cabelos eriçados da mãe-d'água, continuando o seu desenho da véspera.

Tudo parara, tudo parecia à espera de uma resolução e uma vontade outra que surgisse e desse vida e alma àquela paisagem demasiado sobrecarregada de ornamentos, que se reuniam ali em desordem, como se tivessem sido guardados, retirados de uma só vez das montanhas negras e nuas que a cercavam num círculo de ferro.

Os gritos e risos continuavam, vindos da folhagem espessa que ocultava a casa, e pareciam agora estranhos, sem uma significação real, ou talvez lembrassem os ecos de um hospício que vira em sua infância, mas cuja lembrança se apagara em sua mente, ficando apenas em seus ouvidos o apelo, o chamamento inarticulado daquelas vozes desconcertadas. E Nico riu-se a essa aproximação que se fazia dentro dele, malgrado seu. Era uma loucura... mas dele ou dos outros? Quem era mais insensato: aqueles que o abandonavam com crueldade, ignorando talvez involuntariamente a sua existência, ou ele que assim se abandonava? Por que riam sabendo que do outro lado do muro, além das árvores cerradas, havia uma alma que se perdera, mas que talvez pudesse ser encontrada...

Nico Horta riu-se novamente, e olhou em redor de si, mas a seus pés surgiu e subiu ao seu encontro, sufocante de pavor, o vale de pedras negras, entre as quais se despedaçavam violentamente as águas do rio, que fugiam perseguidas, derrotadas, deixando aqui e ali grandes manchas brancas de espuma, trêmulas e palpitantes como se fossem vivas. O cavalo cortava com os dentes a grama tenra da extrema borda da estrada, sereno como se estivesse livre em seu pasto, cercado de um lado pela barranca enorme do rio de ouro...

E as mãos de Nico Horta voltaram à vida, e as rédeas palpitaram, retezadas...

O caminho, que se engolfava entre duas montanhas, absorveu-o.

LI

Ladridos abafados, um vago cantar de galo, muito longe, e depois, bruscamente, a rua se abriu a seus pés, descendo em desordem sob a luz sonolenta das lâmpadas altas e atormentadas pelos besouros e formigas de asa.

Nico Horta apeou depressa do cavalo, e deixou-o solto, ansioso por pisar as pedras da cidade, na certeza de que enfim se perdia entre os homens, tornando-se um deles, igual a eles.

Mas, o silêncio que se fez, logo depois da sua chegada, as casas cegas, com portas e janelas fechadas, com o indizível ar de abandono, de uso, de cansaço das coisas ao luar, o deserto de sono daquela rua engolfando-se rapidamente no casario confuso, tudo subiu, lento, à sua garganta, repelindo-o com mansidão. Era como se a cidade lhe voltasse as costas com melancólico enfado, não querendo sequer vê-lo.

Mas logo um toque breve, imperioso (três badaladas rápidas), dos sinos menores da matriz, o chamou, como um sinal secreto.

Tudo se animou de vida silenciosa. Aqui e ali portas se abriram, e vultos apareceram na luz espectral da primeira madrugada que surgia.

Nico Horta seguiu-os, entrando na igreja, esgueirando-se por entre as pesadas portas entreabertas. E alguém pegou nervosamente em sua mão, levando-o para um canto da nave, onde as velas e a única lâmpada acesa faziam um estranho jogo de luzes, dando à pessoa que assim o guiava, na penumbra, toda envolta em chale preto, dimensões irreais, sem linhas definidas. Era Didina Guerra, cujo rosto pálido emoldurado pelos cabelos cor de cobre, logo distinguiu entre as dobras do agasalho. E parou por um momento, suspenso pela semelhança que agora notava entre aquela figura e a própria igreja, avançando como uma pomba orgulhosa, com sua fachada de marfim, cortada pelas sacadas e portais cor de sangue antigo, e também penteada em dois bandós com seu telhado caprichoso, quando o recebera na sua palidez alta, no fundo da praça, flutuando na luz da manhã.

— Eu sabia que você vinha à "rezoura" — disse ela serenamente, ciciando um pouco —. Hoje é dia de rezarmos por várias almas que interessam a você, e... que o senhor vigário não conhece nem sabe que se vai rezar.

Nico fitou-a por muito tempo, e só então percebeu que ela ria, e foi com dificuldade que dominou um gesto de impaciência e surpresa.

Ha um mês, com certeza, que ela não saíra de casa, e vinha disposta a terríveis vinganças da afronta que representava esse longo período de silêncio e isolamento, durante o qual acumulara provas inumeráveis do seu próprio abandono pelos outros, e de sua incapacidade de ser amada. Cada dia voluntariamente vazio que passava era mais um degrau que descia na confiança em si mesma, e cada semana sem contato com o mundo, sem sequer uma provocação, era mais um círculo que se fechava em torno de sua alma.

"São todos ingratos e maus, afastando-se assim do amor enorme e da caridade inesgotável que tenho em mim" — pensava ela, espreitando a rua, por onde raras pessoas passavam indiferentes, com o rosto voltado para o outro lado, com o firme propósito de não verem que ela os espreitava, com um lago de fitas vermelhas na cabeça e fazendo trejeitos com os lábios.

— Por que não olham? por que não riem, por que ao menos... ao menos não me espreitam com o canto dos olhos? — Era tudo uma conspiração de inimizade e de desprezo contra ela.

— Pobre, feia e... criminosa — dizia ela a si mesma, com ironia.

E, cansada, exausta de sua própria companhia, odiando a todos que a não tinham querido salvar de si mesma, ela saía para a rua.

Nico sabia disso, e pensou com tristeza que ele era um dos ofensores, tendo sempre vivido longe e preocupado com outras coisas. E sentiu remorso por nunca ter se aproximado daquela alma perturbada, nunca ter juntado sua miséria àquela miséria, melhor que a sua...

(E aí estava ela para lançar-lhe em rosto o seu triste egoísmo, a sua mísera impureza.)

LII

Nico Horta, ouvindo o som abafado do riso de Didina, sentiu toda a covardia serena de seus crimes, e se aproximou dela, pronto a ouvir as recriminações acerbas que merecera.

Um ponto rutilante, na sombra, indicou que ela abrira muito os olhos, mantidos cerrados até ali, e logo depois os dentes branquíssimos iluminaram o seu rosto, destacando-se da penumbra.

Nesse momento, ouviu alguém dizer, perto do altar, com voz arrastada:

— Um Padre Nosso pelas almas perdidas no mar.

— Amigo... — murmurou Didina, com voz abafada, esquisitamente cordial.

Nico Horta levantou-se, trêmulo, e depois procurou de novo sentar-se, com as pernas dobradas, como se tudo nele se tivesse partido, ao ouvir aquela palavra inesperada, pior que um insulto. E deixou-se cair no banco, arrastado pela mão dela, que se pousara molemente em seu braço.

— Amigo — repetiu com a mesma voz pura — como você é bom...

Nico olhou com medo aquela mão serena, que o aprisionava, parecendo vir de um outro mundo, e fechou os olhos, procurando dentro de si a verdade daquela cena mentirosa.

— Que fizera, que fizera — interrogou-se com inquietação. Esperava ouvir gritos sem resposta, e vinha-lhe agora, em pleno rosto, aquele convite à vida...

— Uma ave-maria pelas almas do Purgatório — continuou a pedir a voz arrastada. E no silêncio que se fez, cheio de oração mental, ergueu-se o palpitar do velho relógio da torre, cujo peso descia do alto até o solo, e o seu bater surdo encheu todo o corpo da igreja, fazendo-o vibrar.

Era como se o coração do mundo palpitasse acima deles, envolvendo-os em suas ondas intermináveis através dos anos.

E Nico, segurando a mão de Didina, pensava: é o egoísmo a dois que vai fugir de sua prisão, desdobrando-se, multiplicando-se em confidências, em mil pequenos sofrimentos...

E velhas imagens, cenas esquecidas, palavras soltas acudiram ao seu chamado, confusas todas e despidas de realidade, amortecidas pela perversão, pela indiferença e pelo desprezo... e Didina Guerra não vivia em nenhuma delas, mas seu olhar o contemplava agora com luminosa suavidade, e Nico sentia sobre o seu rosto a carícia daquela luz dulcíssima. Ela não ria mais.

— Muito obrigado, muito obrigado — repetiu, num ritual de sonho, e suas mãos se cruzaram sobre o seu pobre peito, num gesto de pássaro silencioso.

Nico Horta levantou-se violentamente, empurrando com ruído o banco, e, em gritos sufocados, numa catadupa de palavras que se atropelavam, ao serem abafadas, cortadas de sons inarticulados, ele tentou explicar a si mesmo aquela nova loucura:

— Porque sou bom! porque sou amigo! porque me agradece! Eu quero ser tudo isso! Minhas mãos são pesadas e inúteis! Meu sangue para em intermináveis remansos, quando queria dá-lo sem medida! Meu coração se abre com dor, e se cala sem eu saber por quê! Peço perdão a você, Didina! Peço que não me castigue tão cruelmente! Eu não mereço essas PALAVRAS!

No meio do murmúrio intenso e desencontrado das orações, que agora se erguiam livremente, cada um rezando por si e para si, os soluços, as frases roucas e interrompidas que Nico pronunciava, como se estivesse sendo estrangulado por alguém com lento furor, pareciam apenas uma prece comovida, dita com grande emoção. Ninguém volveu para ele olhos reprovadores; não houve a menor estranheza, mesmo daqueles que se achavam próximos.

Didina ouvira tudo silenciosa, como se esperasse aquela explosão, e, depois de algum tempo, ergueu-se, prendeu a saia cuidadosamente entre os dedos, e suspendendo-a com afetação, como se carregasse a cauda de um manto real, dirigiu-se para a porta, sem se despedir.

E, na verdade, o veludo cor de púrpura de seu corpete, de inverossímil mau gosto, as dobras nobres da longa e velha saia, e sobretudo o sorriso sobre-humano de seus lábios, tinham qualquer coisa de uma extraterrena majestade...

LIII

Nico Horta entrara finalmente em sua casa, agora habitada apenas pela caseira, que o recebeu com indiferença e desconfiança. Ela vivia com seu marido no fundo do quintal em declive, e vivia entre o medo que tinha de seu marido e o verdadeiro terror que lhe inspirava d. Ana. Foi assim que Nico pode andar livremente pelas salas e corredores, numa tomada de nova posse cansada, e sentava-se aqui e ali, sem olhar para diante, sem ver, guiado apenas pelo hábito, fechado na negação fria que dele se apossara, talvez por muitos anos.

Era um grande interregno que se iniciava, uma cessação de iniciativa e de vida, e viveria apenas animado pelo instinto de fuga, de afastamento da significação das coisas que tinham surgido, das palavras que tinham ficado em seus ouvidos e em seus olhos, e que o envolviam em sua rede mágica, acompanhando-o de um quarto para outro. E a lembrança de Maria Vitoria esperava-o em cada canto, completamente mudada, diferente da que existira até ali, animada e seguida pelo olhar frio e severo de d. Ana.

Do jardim lhe vinha a sua voz quente, em notas ensurdecidas, sucedendo-se num ritmo balançado e voluptuoso, terrivelmente vivido pela boca fresca que as cantava. Era um apelo irresistível e cálido de felicidade terrena, de tranquilo gozo animal.

Epiderme imaculada, boca entreaberta, olhos, serenos e parados, à espera, se dispunham diante dele, com límpido e silencioso ritmo, em suntuosos quadros íntimos, nos leitos, no recanto do sofá, sob a luz das cortinas, nas almofadas dispostas com regularidade sobre os móveis...

Eram fantasmas de vida e de sangue, eram mentiras... Bem sabia que ninguém dele se aproximaria, que ninguém procuraria ver dentro dele a verdade, com receio de sofrimento e de mal.

Tentou dar um nome às visões que se esboçavam, e elas fugiam lentamente ao seu exame, e tudo lhe pareceu deserto e vazio em sua casa, até limites insondáveis.

Cessado o canto, tudo lá fora esvaziara-se na palpitação humana, integrando-se no grande vácuo. Dentro em pouco seu coração se apertou e uma dor muito aguda surgiu em sua cabeça:

— Por que fugira de Rio Baixo?

E pensou com tristeza que todos estavam longe e tinham outros pensamentos; só ele não vivia na preocupação dos outros. Mesmo aqueles que se alegravam com sua presença, mesmo os que o procuravam, todos caminhavam para a morte ou para a ausência, e ele tudo via fugir em torno de si.

"Como viver, como ser amado, ser ferido, ser martirizado de um modo consciente e cotidiano por alguém?" — pensava ele no silêncio renovado das salas.

E quis bater os pés, agitar os braços, quebrar alguma coisa para provar que existia. Mas o ruído de seus passos na casa vazia, a sua figura nos espelhos, a sua presença furtiva nos quartos abandonados pelos seus donos, pareceram-lhe ridículos e sinistros, e, em quadros rápidos e sucessivos vieram-lhe à mente os seus entes amigos e familiares, como estariam naquela hora. E via-os todos ao lado de alguém, nunca sozinhos...

Mas Pedro...

LIV

Já bem longe de tudo, refugiado em seu quarto, separado do mundo por voluntárias e invisíveis muralhas, Nico Horta deitou-se na cama muito clara, colocada no meio do aposento, cortado de grandes luzes pelas quatro janelas abertas, e sentiu-se mergulhar, devagar, cada vez mais baixo, primeiro a cabeça, e depois, lentamente, sem se dobrar, o corpo, num desesperado e preguiçoso êxtase.

Todos os porquês que o tinham acompanhado se resumiam agora em um só... a alegria de sua própria conquista, o sereno consolo de sua limitação, a Renúncia, que o tinham sustentado nas horas humanas, muito iguais na sua aparente simplicidade, eram então uma pobre mascarada...

— Por que Deus vela o rosto agora? – repetiu, a meia voz.

Soluços silenciosos, longos, secos, o sacudiam da cabeça aos pés. Sentia-se arrebatado, lá embaixo, pela cadeia rápida dos dias perdidos, para um vago sorvedouro sem cor, todo de esquecimento e de inutilidade. Seus olhos estavam presos no tempo, fora de seu corpo, e o examinavam com minuciosa atenção.

Trazia dentro de si uma corrente subterrânea, surda, destruidora, segura e lenta, de tudo em sua passagem, vinda de fontes envenenadas. Era essa corrente, avançando implacável, independente, que o cercava, de súbito, nos maus dias, fazendo-o parar, fascinado, titubeante, esquecido, sabendo apenas esperar, esperar...

E levantou-se de novo, e de novo percorreu a casa.

LV

Entrou no "quarto dos badulaques" e pôs-se a abrir indistintamente malas e gavetas, como se procurasse alguma coisa. Tentava, assim, enganar, distrair, o prisioneiro louco que trazia dentro de si, sempre pronto a exacerbar e ultrapassar todos os seus sentimentos. Tirava do fundo dos armários e das velhas canastras, com secreta alegria, dolorosa pela agudeza da sensação de descobrimento que lhe dava, coisas sem nome, trapos de pano e de papel, que há muito tempo tinham perdido sua significação, mortos pela retirada dos pequenos motivos de vida que representavam.

Um recorte do Jornal do Comércio, com a data de seu nascimento, cuidadosamente dobrado, fê-lo parar algum tempo, com os olhos perdidos, voltados para dentro, suspendendo a sua busca desesperada e inútil.

Por que teriam guardado aquele papel?

Nenhuma notícia, que lhe dissesse respeito, anúncio algum que apresentasse interesse para seus pais, que certamente o tinham posto de parte, como uma lembrança ou um aviso.

Leu minuciosamente o pedaço de jornal. Não, não era, com certeza, nem lembrança, nem aviso. Mas, onde estariam as outras? Compreendeu desde logo que não as acharia, sentindo uma vaga sensação de mistério e de vazio hostil, guardada naquele móvel, que já era um estranho para ele, que o abandonara há tanto tempo.

Com impaciência, continuou sua procura, e mais adiante, três medonhas gravatas, de laço feito, carinhosamente embrulhadas em papel de seda, chamaram as suas mãos incertas. Uma delas trazia pitados, no plastrão negro, dois pombos que se beijavam...

Devia ser um ridículo presente de amor, dado às escondidas, e quem o recebera não pudera usar aqueles pobres enfeites, decerto comprometedores. O papel rosa muito pálido, quebrava-se em suas dobras e o cordão, muito seco, coberto de fina poeira, desfazia-se entre os dedos. Como devia ser antigo tudo aquilo! Decerto as mãos que tinham dado aquele laço, há muito tempo, se tinham desfeito, também, em pó...

Nico Horta riu-se, com um riso moço, que era verdadeiro milagre no seu rosto agora cansado e envelhecido. Mas, de repente, notou algumas palavras escritas na parte de dentro do invólucro. Quis lê-las e não pôde. Estavam muito apagadas e sob elas, duas iniciais se distinguiam perfeitamente.

Eram as suas!

Teria ele próprio recebido aquela dádiva grotesca, teria ele próprio a envolvido com amor, atado e guardado, escrevendo ainda sobre ela alguma coisa, assinada apenas com as primeiras letras de seu nome? Nada lhe acudia, nenhuma explicação. A letra era sua, não podia duvidar de forma alguma. Mas o modelo das gravatas era tão antigo que de certo não as teria podido usar. Seu corte era o usado há uns vinte anos atrás... Vinte anos? e seus olhos se fixaram maquinalmente nas manchas cor de ferrugem que enfeiavam de modo estranho uma delas. Aquelas manchas pareciam de sangue...

E logo uma voz rouca e alquebrada, mas tão querida, tão suave como a mais linda das músicas, soou aos seus ouvidos.

— Eu me feri e manchei esta com o meu sangue — dizia a voz — e o neném a guardará para sempre, como lembrança da velha, não é?

Quantas recordações, revoantes, bateram de chofre em seu coração, tentando sufocá-lo, e fazendo com que uma onda amarga subisse à sua garganta e aos seus olhos! Em torno dele, como chamas que se ateassem e se erguessem, apressadas, devoradoras, surgiu, forte e intacto, invasor e infinito, o amor escravo de sua mamãe negra, incompreendida e desprezada, mas não vendo nem querendo ver o mal em seu despótico e pequeno senhor.

Sentiu então nos pés o contato rude das suas tristes mãos que acarinhavam sutilmente, olhando-os e dizendo com vagarosa e esquisita tristeza: que pena! que pena!...

Um dia, bruscamente, perguntou-lhe: pena por quê?

Ela não quisera responder, e depois de repetidas interrogações e de alguns gritos ásperos, o menino dera-lhe com os pés um golpe seco em pleno peito caído e mole: diga: digaaaa...!

Ela respondera, sufocada por um soluço guardado, com os olhos obstinadamente baixos, para não correrem as lágrimas: por isso mesmo, por isso mesmo, neném...

Queimou-lhe ainda o coração a gota brilhante que vira nascer e correr na pele negra, engolfando-se no seio onde se apoiara pequenino. Todo o orgulhoso remorso que o fizera calar-se durante vários dias, num mutismo feroz, de que saía apenas para soltar breves gritos inarticulados, de raiva para com seu irmão e com sua mãe, tornou a fechar sobre ele as suas tenazes.

Tinha querido castigar-se com minúcia exasperante, mas nada conseguira, e perdera pé muitas vezes, na revolta em vagalhões de todos os seus sentimentos, na luta negra dos mais longínquos pressentimentos com as mais próximas realidades de criança fraca e indomável. Odiara a pobre velha preta, que se vingara nele tão atrozmente de um simples gesto infantil, que reproduzira de Pedro.

E a antiga pergunta que fizera a si próprio, e que retumbara em sua mente, provocando um grande vazio, cheio de ecos sonoros, mas incompreensíveis, surgiu de novo dentro de Nico Horta:

— Por que só ele devia ser perdoado?

Todas as também antigas queixas que tivera de si mesmo, ali estavam, à sua frente, ameaçadoras e paradas, cortando como há tantos anos o seu caminho.

LVI

Nico Horta sentou-se no chão, com os olhos cheios de trevas. Teria sempre que fugir e recuar diante dos mesmos seus atos, invariavelmente maiores que suas intenções, em crescente contraste com a fraqueza que vira nascer em seu caráter, crescer e corroê-lo todo, como um veneno secreto? Era a mesma sombra que enegrecera os seus passos desde a infância, que agora ensombrava o seu olhar, perdido na penumbra do quarto.

Rememorava com terror o martírio longo da negra, sempre inquieta diante de suas dúvidas e de seus silêncios inexplicados (em que está pensando, neném?), brutalizada por seu irmão, indiferente aos outros e perseguida cruelmente pelos empregados mercenários. Com monstruoso medo se lembrou de que nunca a vira rir, nunca a vira soltar as selvagens gargalhadas tão comuns nos outros negros que tinham cercado a sua meninice.

Era sempre ansiosa, humilde, cheia de receios que ela lhe surgia na mente, dos refolhos mais antigos e mais abandonados de sua memória.

Quantas vezes a vira chorar, escondida, de ódio, de dó, de saudade, de nostalgia de sua terra longínqua, humilde, lá na mata em plena montanha fantástica...

Olhou em torno de si como um prisioneiro.

Parecia-lhe que as portas e janelas se fechavam devagar, em silêncio, e de novo tudo desaparecia lá fora.

Estava só, só com o seu mal e com a sua tristeza... Com esforço, como se tivesse os braços paralíticos, conseguiu colocar as três gravatas no lugar onde se achavam antes, e onde dormiriam, certamente, outros muitos anos, até serem lançadas fora.

Mergulhou as mãos nos panos e papéis e sentiu qualquer coisa metálica, volumosa, que se encontrava no fundo do armário. Puxou-a para si e viu com infantil espanto que era um arcaico grafofone, que constituíra uma das curiosidades do primeiro marido de sua mãe, e fora, depois, por muito tempo, o divertimento reservado e proibitivo de seu irmão. Era sistematicamente afastado quando iam fazer funcionar o velho instrumento, e muitas vezes ouvira, através da porta cuidadosamente fechada a chave, sobre ele, os seus sons estrangeiros e misteriosos, que pareciam vir de muito longe, de outras terras. Com impaciência pueril arrancou-o de entre as coisas velhas, separou os rolos de cera que lhe pertenciam, e levou-o, com profundo e vingativo triunfo, para o seu quarto.

Agora podia brincar, com ele, sem que ninguém o impedisse!

LVII

Devia ser, certamente, uma das velhas músicas de sua infância, das quais nunca soubera o nome ou o autor, e as conhecia apenas pelas alcunhas que lhes pusera, como a "valsa maluca", a "música surda" ou a "dia de briga", que depois, muito mais tarde, viera a identificar como peças célebres de concerto, que sua mãe executava com singular compreensão, nos raros intervalos em que se deixava denunciar. E via com surpresa que os seus apelidos infantis resumiam, muitas vezes, longas e laboriosas críticas profissionais...

E foi lembrando-se disso que se deitou, tendo primeiro dado corda ao grafofone, apagando a luz quando ele começou a ronronar, dando a princípio alguns estalidos metálicos. E a música começou; hesitante, um pouco desafinada, como se o aparelho gaguejasse, depois de tão grande silêncio.

Não se enganara. Era a música surda, e as suas notas marteladas, repetidas, implacáveis, formando uma armadura invencível, enlouquecedora, percorrida em seus meandros por abafada melodia serpenteante perseguida pelo motivo pesado e avassalador que ia e vinha tudo invadindo, tudo cercando de novo, como muitos anos antes, exerceu sobre ele o mesmo encantamento absoluto, que o fazia sonhar, deitado sobre o tapete, angustiosamente, sem poder compreender o que se passava malgrado seu, em seu coração ainda não formado.

— Todos se dispersaram em busca da verdade — pensou ele, repetindo palavras habituais, e eu acompanhei, de longe, e sem forças, as suas tentativas, e era sempre o reflexo delas...

— Mas agora — disse alto, enquanto a música enchia sutilmente o quarto todo, nele se impregnando e fazendo-o vibrar como uma caixa de harmonia, — agora eu sei que aqueles que ficaram é que têm razão, e a verdade procurada muito longe estava bem perto de mim, ao alcance de minhas mãos. Até aqui apenas falei inutilmente, e de tal forma alonguei minhas palavras que elas nada exprimiam já, ficando esquecido e à parte o ponto de partida. A crise moral que todos atravessam foi em mim dolorosa, porque me falta inteligência humana... Sob a forma de uma apa...

Justo nesse momento a música cessou. Ouviram-se algumas vozes confusas, que lhe pareceram desconhecidas, e de repente, a voz de d. Ana disse uma graça banal, e Nico Horta ficou estupefato, trêmulo, olhando, no escuro, para o cilindro, que acabava de lhe fazer uma revelação...

Ouvira distintamente um riso estranho, gorgolejado, movido por molas cansadas, que se prolongara até um final de soluço, e reconheceu a voz da mãe preta, mas depois, uma risada clara, seca, nervosa, estalou vizinha.

O medo, o terror que o vestiram de uma túnica de gelo, fizeram com que se sentasse na borda da cama, olhando sempre para o aparelho, que agora continuava a rodar, rangendo, com a agulha fora do cilindro, e parecia um animal monstruoso, terrificante e incompreensível.

— Então ela ria com seu primeiro marido e com seus irmãos, com seus algozes! — chegou enfim a pensar, depois de um esforço enorme para compreender o que se passara na realidade. Era mesmo uma gargalhada de d. Ana, era um grande riso o que ouvira!

Teria que refazer, um a um, seus antigos pensamentos, esvaziá-los de sua inquietação e da misteriosa dor que os enchera, que neles se impregnara malgrado seu! Teria que afastar para sempre as lágrimas represadas e que ele guardara sempre secretas, tendo-as presentes, dentro de si, como um inapagável remorso da maldade daqueles que não conhecera...

Ela rira! ou melhor, elas tinham rido!

Acendeu todas as luzes, e as sombras fugindo carregaram sob o seu manto silencioso a imagem do martírio, deixando apenas o som daqueles risos tranquilos e rudimentares.

Nico Horta deu de ombros, com impaciência, mas sabia que alguém morrera, para ele, e desta vez para sempre...

LVIII

Quando Nico Horta abriu as primeiras cartas que lhe vieram de Rio Baixo foi com surpresa que verificou serem elas a banal continuação da vida. D. Ana e Maria Vitoria tinham resolvido ficar na fazenda, agora sem um homem que a dirigisse, com a partida simultânea de Pedro e de Nico. Era apenas um pouco mais secamente do que de costume que a senhora o fazia saber de sua resolução, e até mesmo contava um pouco de seus projetos para melhorar a exploração dos recursos que a terra oferecia.

Pareceu a Nico que essas explicações indicavam somente o desejo de não escrever durante algum tempo, ficando tudo dito de uma só vez. Maria Vitoria acrescentara algumas palavras, depois da assinatura de d. Ana, que se resumia em um imperioso — Mãe — e nada aumentava no ambiente talvez proposital de indiferença e até mesmo negligência da carta.

Nico Horta, com o pedaço de papel nas mãos, esteve sentado por muito tempo na pesada cadeira de balanço da sala de jantar, e sentiu-se amparado. Era bem claro que deveria agora solver por si mesmo qual seria a sua nova vida, e como poderia permanecer na cidade. Rio Baixo afastara-se dele, como tudo o mais, sem que ele pudesse compreender bem por que, e um vago remorso veio nublar seus pensamentos. E prescrutou com inquietude, bem fundo em todo o seu passado, qual era a solução já encontrada, qual porta que abriria diante de si, com facilidade, fechando-a depois sobre as suas fraquezas e pequenas derrotas. E uma a uma vieram ao seu chamado, obedientes e silenciosas, as quimeras que tinham representado, para ele, ora um simples consolo de menino humilhado, ora revolta, acesso de orgulho de adolescente que vê erguer-se o seu coração acima dos outros ou a resposta desanimada e franca a si mesmo, nos exames melancólicos de consciência de sua juventude.

— Tudo isso é falso e nunca me enganou a mim mesmo — murmurou ele com um sorriso escarninho — mas, de qualquer forma, preciso ser alguém...

Depois de algum tempo, tendo permanecido com os olhos fitos na rua, ele sentiu que tudo se confundia na sua vista. As linhas luminosas cercaram-se de um halo a princípio muito brilhante, e depois irizado, tal como nos prismas de cristal do grande lustre da sala de visitas, quando em criança olhava através deles.

Eram lágrimas inexplicáveis que brotavam e corriam sem que Nico Horta as aceitasse. Não eram de tristeza, nem de humilhação. E quando ele as sentiu em suas mãos, examinou-as com surpresa. Por que chorava? perguntou com espanto a si mesmo.

Ouviu passos que se aproximavam. E se a pessoa que vinha tentasse consolá-lo, ao vê-lo com o rosto banhado pelo pranto! Viu que era impossível receber uma palavra que fosse de amizade, pois seria uma comédia sem remédio de sua parte, e um engano ofensivo daquele que já fazia girar a maçaneta da porta, sem bater.

Felizmente o trinco estava corrido e Nico Horta pôde se retirar pé ante pé, refugiando-se em seu quarto.

LIX

Mas o visitante julgava poder tratá-lo como um filho, pois fora velho amigo de seu pai. E Nico sabia dessa lenta e esquisita amizade de muitos anos, muitos anos passados ao lado um do outro, sem nunca um segundo sequer de verdadeira comunhão. Eles conversavam longas horas e Nico, criança, ouvira as palavras que trocavam com um respeito maravilhado, pois não pareciam se referir nunca aos pequenos acontecimentos diários, e estavam sempre fora do seu círculo implacável de dúvidas e de acusações sem resposta. Eram como dois artistas que ensaiavam todas as noites, naquela mesma sala de jantar, onde o visitante agora se assentara com autoridade, chamando Nico em altos brados.

E Nico Horta abrira a porta de seu quarto, com calculada lentidão, passando os dedos nas pálpebras como se acordasse da sesta, e veio ao encontro do homem idoso, de grandes sobrancelhas em triste, enormes dentes e grandes botas, que pareciam ter viajado por intermináveis caminhos, e tomado parte em heroicos e movimentados rodeios.

— Venho tirá-lo da cama! E é justamente o meu trabalho que me traz aqui — disse ele com um riso profundo — Mas não o "meu" trabalho, digo mal, e sim o "seu" trabalho — e acrescentou rapidamente, receoso decerto de ser mal interpretado — Preciso de você e muito! E você deve considerar--se meu filho, e irmão de minhas filhas!

LX

Nico Horta escutara-o como se suas palavras viessem de um outro lado, e o pensamento de que devia entregar seu destino às mãos daquele homem foi um bálsamo que o envolveu todo. Podia então tornar-se indiferente a tudo e a todos, e ficaria para sempre libertado do pavor íntimo de, com seus sentimentos impetuosos e inabilmente represos, desmanchar de surpresa o ritmo da vida dos que o cercavam. Era sempre com respeitoso medo que se aproximava de alguém, com o terror tantas vezes justificado de uma inexplicável traição de sua parte, vindo destruir nos outros qualquer coisa de sagrado, que não compreendia bem.

A sua vida, entregue a mãos alheias, passaria a ser a história simples do dia e da noite. Não precisaria mais tentar inutilmente prender a corrida vertiginosa de seus pensamentos, já não precisaria reunir em um sistema os acontecimentos que fugiam para trás, dispersando-se, com intenções e significações que ele desconhecia, ou sentia-se sem forças para acompanhar...

Foi, pois, sem surpresa que se calaram e escutaram palavras secretas que se encontravam, se cruzavam entre eles, e quando Nico Horta respondeu, os seus olhos dormentes respiravam de súbito uma prodigiosa calma.

Sentia abrir-se em sua frente uma visão de primeira inocência, de repouso sobrenatural, de doçura eterna.

Era o trabalho sereno, era uma casa entenebrada por enormes mangueiras, eram mulheres ensolaradas, de almas muito claras, que se moviam alegremente, era lá fora a mata vibrando toda com os segredos de suas águas ocultas...

Sobretudo, a sua integração natural e tranquila em um pequeno meio, que seria o seu para sempre, sem agitações obscuras, sem passado nem futuro.

E lembrou-se de d. Ana dizer, fechando os olhos e erguendo as sobrancelhas.

— As filhas do coronel são perfeitas donas de casa.

Uma delas, Rosa, era boa e bonita.

LXI

Nico Horta cruzou os braços e baixou a cabeça diante da porta que se fechara sobre o visitante. Parecia-lhe impossível sair dali, mover-se, falar, viver ainda alguns dias a sua vida protegida por antigos hábitos. Era agora prisioneiro daquela aparição caprichosa, ilógica como um sonho, daquela realidade que se apresentava com seu desenho rigoroso e puro, trazendo estranha suspensão em suas agitações estéreis. Tudo deveria ser claro, tudo deveria ser simples agora, pensava ele, e a impaciência de uma parada que se prolonga, fê-lo andar até seu quarto, onde sentiu-se de novo logo ligado pela rede abstrata do seu passado, que o maniatava.

— Vou ser um homem, um homem como os outros! — afirmou ele sacudindo de seus ombros o peso dos pressentimentos absurdos, do terror que sabia estar à espreita, capaz de dominá-lo e fazê-lo fugir, como já fugira tantas vezes diante das outras tentativas de realização.

— Vou viver! Chego finalmente ao mundo, e nele ponho os meus pés...

LXII

Diante dele, abria-se uma vida que tinha começo, meio e fim. Primeiro dificuldades vencidas, adaptação máscula e serena, depois as recompensas, a conquista, um ponto culminante que seria a solução de seu destino. Depois, a descida, espraiada, calma, resolvida... encontrada.

Nico Horta olhava pela janela o ar que se tornava imóvel e cinzento lá fora, cheio de espera e de suspeitas, como a sua alma, num estado preparatório de sonho, bruscamente interrompido pela chuva, que chegou inumerável e violenta, confundindo com a sua velocidade as dimensões convencionais de paisagem.

E um novo odor, profundo e amargo, veio até suas narinas. Fez passar diante de seus olhos os episódios fortes e humanos que deviam se suceder normalmente, dali em diante, enchendo os seus dias vazios. Era preciso sair de si mesmo e procurar encontrar nos outros as respostas que sempre fizera a si próprio. Era necessário ferir e ser ferido, perdoar e ser perdoado, sofrer e fazer sofrer, para realizar a sua vida.

Só assim ela deixaria de ser para ele uma inexplicada fantasmagoria, uma frisa lenta e enorme de criaturas indecifráveis e fatos incoerentes.

Por instantes, encostando-se ao peitoril da pesada sacada de pedra, e recebendo com delícia os grossos pingos que caíam do beiral, Nico Horta sentia-se retornar às antigas e gastas verdades.

— Bem sei que ninguém se aproximará de mim despido do bem ou do mal; minha vida não invade, não pesa, não fere o destino dos outros... Nunca me encontrarei frente a frente com a felicidade de outra boca, à espera na encruzilhada, no encontro de caminhos diferentes. Todos os rostos se voltaram, todas as mãos se fecharam, cobertos de palidez e de sombra... As vozes amigas, velando-se, tornavam-se confusas e surdas, e nunca pudera dizer se rezavam por outros, se murmuravam vagos anátemas, ou eram apenas reprovações, conselhos ou, talvez, palavras de carinho...

E a solidão tornou-se intolerável para ele. Era preciso fugir, encontrar alguém que o sustentasse durante aquelas horas de transição. Vestiu-se apressadamente, e, sem sentir a chuva, foi para a casa de Didina.

LXIII

Nico segurou o braço de Didina Guerra e examinou-a com tristeza. Era ainda e sempre aquela que se aproximava dele em seus momentos de afastamento total de si mesmo. Viera pelo caminho, consolando-se com o pensamento de que seria melhor ter nascido aleijado, para que todos dele tivessem pena, e assim decerto ele mesmo se perdoasse e se compadecesse de suas misérias. Queria vê-la, essa compaixão e sentia a surda vergonha de sua covardia, nos outros, mas nunca conseguira encontrá-la em si mesmo. Julgava que só aqueles cuja pobreza e infelicidade eram evidentes, pelo seu descalabro físico, conseguiam obter esse ambiente de perdão antecipado e de voluntária cegueira, de que tanto necessitava.

Quando, enfim, prestou atenção em Didina, e a viu realmente, reparou que ela também o olhava, mas com profundo rancor. Entretanto pareceu-lhe que não era ele a causa desse rancor, era apenas uma parte, um pequeno lado do todo enorme que sentia refletir nas suas pupilas sombrias.

— Veja — disse ela, e mostrou-lhe, afastando os cabelos, uma longa cicatriz muito recente, que descia até as sobrancelhas.

Nico Horta examinou-a com atenção, sem saber por que assim o fazia, sem sequer curiosidade de conhecer como Didina se ferira. Não só nada queria saber, como também talvez não pudesse dizer mesmo quem era aquela mulher que o importunava.

— Atiraram pedras em mim — continuou Didina, depois de algum tempo, e seu rosto tomou uma expressão de choro irreprimível, mas uma luz brusca brilhou em seu olhar, e desatou a rir, sem transição.

Nico Horta ria também, refletindo ao mesmo tempo, com desafogo, que decerto estava assim livre de saber a história daquele grande gilvaz.

— Pelo menos não haverá lágrimas — disse a si mesmo com enfado.

Mas Didina levantou-se e foi para a janela, com a intenção clara de dar por terminada a visita. Debruçou-se no peitoril, com exagero, e logo depois conversava e ria com alguém da rua. Nico Horta não percebia o que diziam, pois todo o busto de Didina estava deitado para fora, e seu interlocutor invisível se achava longe, na ladeira. Só podia distinguir os risos que se sucediam, e via os pés de Didina se agitarem freneticamente, batendo um no outro.

Nico pensava com melancólica certeza que a compaixão não era tão vizinha do entendimento como julgara, e sua indiferença se transformava agora em simples desprezo, tranquilo e perene...

Nunca mais se aproximaria de Didina, nunca mais sentiria em comum com ela os sentimentos tantas vezes experimentados de medo e de sobrevivência.

Mas Didina, com uma reviravolta brusca, saiu da janela, e, ainda rindo, sentou-se de novo a seu lado, e conversaram longamente, numa intimidade absoluta, durante muitas horas, noite adentro...

LXIV

— Eu agora vou saber sempre onde devo ir — disse Nico Horta um momento. Vou ter para onde ir, como toda a gente. E é uma alegria para mim essa afirmação, muito diferente das outras, das pobres alegrias que a vida me tem oferecido, e que me parecem pequenas traições, requintes no preparo para o grande sofrimento (o cigarro dos condenados à morte).

"É por isso que assim as aceitava — prosseguiu ele sem olhar para Didina, que o ouvia com os seus olhos agora cheios de sombra — com assustada desconfiança. Quando mais tarde compreendia enfim que tinha sido mesmo uma alegria real a que me fora oferecida, era apenas breve parada no caminho da morte, e só me restava a convicção de que pela segunda vez fora traído..."

— Mas que "alegrias" são essas? — perguntou-lhe Didina Guerra, com voz muito clara e serena, e Nico Horta compreendeu que era outra Didina Guerra que agora o fitava com suas pupilas profundas.

— Eu sou muito só, Didina — murmurou Nico Horta com respeito novo — Não é somente você que sofre com o abandono e o isolamento em que nós a deixamos...

— Em que me deixam? — repetiu ela, interrogando o rosto de Nico com desusada atenção, e via que sentiam ambos o mesmo melancólico desapontamento, surpresa igual em pleno preparo, a vergonha irmã de ter descoberto o rosto cheio de lágrimas, chamadas aos olhos, a boca vincada de rugas, cavadas voluntariamente, pela necessidade de representar a vida.

"Ninguém me deixa em isolamento... — prosseguiu ela, com singular lucidez. — Eu não tenho amigos, não sei quem são eles! Muitos me têm amado, outros me odeiam, mas não chego a conhecê-los.

"Eu não gosto de nada conquistado a gritos ou com arrastamentos pelo chão — disse ainda e voltou as costas a Nico — As "provas" de amor e de ódio que tenho recebido são iguais às oferecidas a qualquer uma outra. Nada diferente... Eu estou sozinha porque fujo de mim mesma, e fico com muito medo quando me encontro nos outros. Um verdadeiro rancor substitui num instante essa pretensa amizade que você me dedica... Você procura me ferir, e fica desesperado quando verifica que sei evitar os seus golpes..."

Nico Horta ficou contemplando Didina, que deixou coar por entre as pálpebras um olhar lento e preguiçoso. Era preciso matar Didina Guerra em sua própria esperança, encontrar uma força interior que mantivesse seu equilíbrio com ela, refletia, pois recebera uma lição inconsciente de verdade, pela simples visão daquele egoísmo que não era baseado na estima de si mesmo.

Passou-lhe pela mente que há muito tempo, estivera em um hotel do sertão e ouvira vagos gemidos do outro lado do tabique, que servia de separação entre os quartos. Levantara-se pé ante pé cheio de socorro e de bondade e espreitara. No outro quarto dormia pacificamente um homem desconhecido...

Agora, atrás daquela pele, no fundo daqueles olhos vazios, também dormia uma desconhecida, miserável e incerta, torturada e torturante, sem nunca saber por que...

LXV

Sentado em uma enorme escrivaninha de trabalho, cujo tampo não se fechara mais, Nico Horta via lá fora, por cima da cabeça reluzente e tranquila do sr. Andrade, as árvores que ora se sacudiam freneticamente cheias de guizos surdos, numa alegria incompreensível e vagamente ameaçadora, ora ficavam repentinamente imóveis, fazendo-lhe sinais de velhas conhecidas. Depois o ar da sala poeirenta enchia-se de uma grande palpitação sonora, dando fugidia impressão de vida, afugentando a semelhança que Nico achara, no primeiro dia, entre aquela janela enquadrando verdura e um pequeno cemitério de escravos de Rio Baixo, com suas paineiras aconchegadas umas às outras, prisioneiras do muro quadrado de granito, e enviando brancas mensagens inúteis aos campos estéreis que as rodeavam.

Todos os dias o sr. Andrade, às mesmas horas, se interpunha entre ele e a luz, e uma vez, olhando através dos vidros, que estavam fechados, viu no alto céu, uma ave de rapina que fazia grande voo planado, sereno, em curvas enormes e lentas, em torno daquela calvície igualmente tranquila e vagarosa. E ele voara também, perdido no esquecimento e no vazio, por muito tempo.

Mas, de súbito, fechando as asas num gesto seco de leque, o gavião se precipitou, como uma pedra, para a terra, e desapareceu em um tufo de cabelos brancos que o tabelião conservava na nuca.

Nico Horta estremeceu com a queda, que também fizera, e voltou a copiar os enormes autos que tinha diante de si. Os dias sucediam-se em monômio, e desde que se sentara àquela mesa, tudo havia cessado em sua vida, tudo recuara para bem longe, abrindo-se uma clareira deserta no emaranhado de seus pensamentos. Suas pálpebras erguiam-se com dificuldade, e o cansaço de seus membros era tal que, sentando-se, não podia sequer pensar em levantar-se. Seus membros moviam-se animados por mola misteriosa e autônoma numa sobrevivência inútil e triste, e muitas vezes o tremor sutil e profundo que agitava seus nervos, em seu organismo aparentemente calmo, era apenas o eco longínquo do grande medo que adormecera, e que talvez ainda vivesse, mas tinha escondido sua face alucinatória.

Em sua casa, os móveis, as portas, as paredes tinham retomado o ar impenetrável das coisas noturnas, e pelas suas salas vazias ouvia-se apenas um estremecimento ligeiro e sem fim.

O divórcio entre a realidade e a sua vida tomava agora um novo rumo, desviado da luta pela sensação de calma que lhe dera o trabalho metódico e organizado oferecido pelo tabelião. Seria muito fácil, julgara ele, agora que seus dias eram governados por uma vontade estrangeira, seria muito fácil e simples viver, preenchendo os intervalos do serviço, nos quais ficaria completamente livre, com sua vida própria, com as ocupações que considerava essenciais, mas não davam para prender seu espírito durante as vinte e quatro horas a serem vencidas.

Mas vira depressa o seu engano. Quando era enfim entregue a si próprio, não tinha já o que pensar nem o que dizer a si mesmo, e passava horas absorto, tendo no rosto uma expressão miserável de animal perseguido, que não sabe de onde lhe virá o golpe, preocupado com uma ideia obscura, misteriosa. No meio de explosões de infantil alegria, profunda ruga se cavava em sua testa e os olhos perdiam o brilho, e ele se retraía para dentro de si mesmo, à procura da causa daqueles risos, e não a encontrava. Vinham então os passeios sem rumo, num deambular de fantasma indeciso, as distrações injustificadas, e percorria a casa, sem meta, com uma expressão ingrata e dolorosa no rosto, onde se misturavam o patético e o ridículo, sem olhar para o que surgia diante dele, e suas mãos afastavam, hesitantes, os obstáculos. Muitas vezes, janelas e portas abertas, nas trevas, ele assim passava a noite, e apenas os relâmpagos silenciosos da calmaria o visitavam, abrindo quadros instantâneos de paisagens de sonho inexprimivelmente sinistras, nas quais era apenas um vulto negro, imóvel...

LXVI

Quando ia para a sala onde trabalhava, logo em frente à escada, que subia sempre com o coração aos saltos, todos os dias à espera de alguma desgraça, de algum serviço acima de sua compreensão, de algum gracejo violador de seu silêncio, Nico Horta tinha que atravessar um corredor. E via, em uma de suas portas entreabertas, a figura da mulher do tabelião, que se tornou uma das etapas do seu pequeno martírio cotidiano. Ele sabia que a velha senhora vivia, desde muitos anos, naquele quarto, sempre sentada em uma cadeira de balanço, de onde saía apenas para o seu leito.

Nico Horta a via invariavelmente no mesmo lugar, e parecia que com o mesmo trabalho pousado no colo, as mãos imóveis e olhos exaustos e profundos fixos nos dele, quando maquinalmente espreitava para dentro daquele esquisito santuário.

— Ela deve ter uma alma simples e transparente, e por isso mesmo mais perto das verdades — pensou ele, no primeiro dia.

— Parece o quarto do crime e do remorso, simultaneamente — refletiu de outra vez, e riu-se, pondo-se nas pontas dos pés, para evitar que seus passos sonoros e obstinados repercutissem naquela velha cabeça, que, às vezes, o acompanhava com terrível avidez.

Breve um receio, um temor inexplicável o fazia hesitar diante da porta de Siá Nalda.

E se o quarto surgisse vazio aos seus olhos habituados a vê-la sempre naquela lenta e monótona cadeira de balanço? Onde estaria? À sua espera, em algum canto escuro?

Que diria se visse Siá Nalda estendida no chão, e a cadeira pela primeira vez imóvel? Que faria se ela o chamasse de repente, quando atravessasse, como de costume, aquele pequeno espaço do corredor, dentro de seu campo visual, andando cautelosamente e apoiando-se às paredes?

Essas interrogações prendiam o seu passo, apertavam a sua garganta, inundavam de suor gelado a sua fronte, e um minúsculo demônio ria-se, cavalgando a sua nuca.

(Ele bem sabia que a senhora lá estava, imutável, sempre igual, como um quadro fixado para sempre na tosca moldura dos umbrais, balançando-se com vagar, com precaução e medida, contando gota a gota, grão a grão, segundo a segundo, a vida que passava, que se ia gastando avaramente naquele balançar, naquele perpétuo ir e vir.)

Siá Nalda, a mulher do tabelião, abria um sorriso vago, indistinto, nos lábios transparentes de fada, e seus olhos tinham eterna novidade, renovado interesse pelas pequenas coisas que a rodeavam, e que pareciam caminhar para perto dela, familiares e alegres como crianças obedientes e sadias. Ninguém lhe vira nunca um amuo, um gesto de impaciência, de queixa, tédio ou desânimo.

Era a mesma todos os dias, sem excesso e sem falta, numa igualdade sobre-humana de equilíbrio.

Nico Horta compreendia, fora das horas de sua passagem pelo corredor e sem se preocupar com as absurdas conclusões a que então chegava, que Siá Nalda não se erguia daquele balanço, onde lhe vinham ter todos os mistérios da existência, o amor, os filhos e a morte, sem que ela os chamasse ou repelisse, mergulhada sempre no sonho surdo de suas pupilas cor de cinza, porque estava sempre atenta para a vida e para os homens.

Seu olhar sobrenatural era voraz, guloso, úmido, indecente de implacável franqueza e de ansiosa cobiça, e suas palavras, tão raras e incolores, tornavam-se sempre pejadas de imagens e significados complexos, pelas intenções frementes e profundas de seus olhos, fixos no seu interlocutor.

Era, entretanto, com uniforme e inquebrantável respeito que todos dela se acercavam, e por isso mesmo parecia monstruosa a irreverência dos dois rapazes empregados do cartório, que a ela se referiam, entre eles, como se tratassem da mais dissoluta das mulheres.

LXVII

Os dois jovens que se moviam na sala de fora, e a filha do tabelião que estava constantemente a seu lado, faziam parte dos primeiros planos de Nico Horta. Eram os elementos que constituiriam a nova realidade de sua vida. Até sua morte veria sempre aquelas criaturas, e sua aproximação seria regulada por ele cuidadosamente, e não ao acaso das circunstâncias. Sua vida, falseada por um erro inicial de seu próprio eu, tinha que ser agora uma só, e não se dividiria mais em duas, estranhas e hostis uma à outra. Os acontecimentos que os espreitavam da penumbra do futuro, ele os esperaria com a alma unida e feita à sua vontade, e seria sempre o mesmo.

Assim, cada separação, mesmo de horas, não quebraria alguma coisa dentro dele, e as arestas criadas não se gastariam na ausência, não mais coincidindo no próximo encontro. Ele sabia, mas afastava de si esse pensamento que oprimia seu coração, que tudo se desfizera lentamente em sua vida; velhas afeições que se dissolveram de forma lenta e segura, fora de seu controle, proteções e apoios que tinham desaparecido por simples cansaço e que o haviam tornado um estrangeiro entre todos.

Queria deixar no limiar dessa nova existência os fantasmas que tinham habitado a outra, as criaturas que representavam apenas direitos e deveres, que há muito tempo tinham perdido a sua justificativa e o seu perdão.

Mas, quando viu que os dois rapazes o olhavam furtivamente por sobre os ombros, e talvez trocassem um sorriso escarninho quando ele não os fitava, Nico Horta percebeu que deveria ainda combater sem tréguas consigo mesmo, pois sentia a verdade fugir por entre seus dedos, como as areias da praia voltando ao grande mar tumultuoso e distante, e tudo de novo lhe pareceu pequenino e indiferente, vindo assentar-se em seu lugar a sua velha imagem, toda de secretos ressentimentos e de vagas decepções, nunca explicados, nunca esclarecidos, nunca justificados.

Olhava então para a moça, que lhe trazia o café, e que muitas vezes vira em sua casa fazer o mesmo gesto, e também a contemplava com novos olhos. Ela tinha ideias, sentimentos e necessidades que ele nunca sondara, e quando conversavam, na ausência do tabelião, em intermináveis colóquios, separados pelas duas pesadas mesas em que escreviam, Nico Horta via perpassar fatos íntimos, familiares, contados de um modo diferente, intercalados de nomes, gestos e coisas que não conhecia, e jamais viria a conhecer. Tinha uma impressão de vertigem, de vaga ausência e medo.

Às vezes entravam ambos em territórios comuns, e uma recordação idêntica os aquecia, tornava real a sua antiga intimidade, e então paravam e olhavam-se com grande e ameaçada ternura, mas logo um nome, um fato estranho a um deles cortava cerce essa união.

— Quem é Maria da Piedade?

O olhar fixo, suspenso, do interlocutor traduzia bem o sentimento de embaraço e de desordem que o surpreendia. As explicações vinham logo, infindáveis, ditas de modo impaciente e alheado, para fugir depressa da ruptura que se abrira entre eles, e os fazia afastarem-se velozmente para muito longe um do outro, e lá de longe, em momentos irreparáveis, contemplavam-se, sem se reconhecerem.

LXVIII

— Você não tem vontade de voltar para Rio Baixo? — perguntou-lhe ela um dia, e Nico Horta observou-a bem, friamente, tentando verificar se não havia nessa pergunta uma intenção oculta. Mas a moça continuou com sua voz enigmática:

— Não gosta da roça?

— Por muito tempo — respondeu ele afinal —, eu julguei que minha vida devia correr no campo, tudo aberto em torno de mim, apenas lá longe a cortina impenetrável das montanhas, ou o rebanho silencioso das árvores da floresta. Tudo seria uma imensa libertação do meu ser e meu peito se abriria em um grande hausto...

"Venceria alguém ou alguma coisa que se opusesse a minha marcha! — exclamou, rindo-se — Mas levado por essa impressão de força e de saúde, eu quis cantar, uma vez, no meio de uma bela clareira, mas cantar a plenos pulmões, a velha canção que sempre ouvira e nunca experimentara, e senti-me, de súbito, inteiramente só, e olhei para trás, com o movimento instintivo de alguém perseguido..."

— E que lhe aconteceu depois?

— Depois — disse Nico com voz indiferente, e o desenho melancólico de seus lábios não era sequer perturbado pelo sorriso um pouco louco que neles se abrira —, depois, eu compreendi que meu corpo me traíra até ali, e que naquele momento tinha a alma completamente nua, sem o abrigo da minha carne, que assim se tornara transparente, e aquele pequeno raio luminoso que me feria os olhos podia se transformar em um oceano flamejante de luz. O sangue corria por minhas veias como as águas delirantes de um rio furioso, e me veio à boca o grito surdo assim brotado de todo o meu ser, uma espécie de clamor feliz, de alegria sufocante, numa ressurreição repentina e violenta. Era a vida, intensa, tremenda, que se precipitava em minhas artérias palpitantes, e fiquei de pé, com os olhos ardentes, a boca cheia de palavras balbuciantes de delírio confuso.

"De tudo emanava uma sugestão violenta, imperiosa, de saúde, de volúpia, do odor de mato quente, e das águas mortas, da música matinal dos campos e dos bosques, do sol crepitante e implacável."

Nico Horta se animava com suas próprias palavras e esquecera-se de que falava a alguém. Ele deixava-se embriagar pelas recordações que lhe acudiam, e que revivia com novo calor, com imagens novas, e que sabia serem verdadeiras apenas em seu íntimo, no viver contínuo e independente daquela cena em seu pensamento. E prosseguia, com os braços apoiados fortemente em sua mesa, esmagando com o peso do busto os grandes livros sobre ela abertos:

— Foi então que gritei: o resto de minha existência por um minuto de reconciliação total com a vida! E esperei que aquele deserto ardente me respondesse, me aturdisse e embriagasse de felicidade e de vitória.

Abaixando a cabeça Nico Horta sentiu-se realmente sozinho na sala cheia de papéis velhos e de tristes móveis usados, e continuou mentalmente a sua volta para casa, caminhando curvado como agora se curvara, arrancando aqui e ali uma haste das altas plantas que se ofereciam, trêmulas, às suas mãos, como agora arrancava os rebordos daqueles pesados cadernos.

Vencer alguém ou alguma coisa, pensou ele, furtivamente, para passar adiante, e adiante encontrar de novo a si próprio...

Valeria mais não combater e, de braço dado com a própria sombra, percorrer passivamente os necessários atalhos, fazendo sem revolta as curvas e retornos que a vida exigisse... desejos sem fé e alegrias temperadas pelo desgosto impiedoso de conhecer a verdade sobre si mesmo, a pobre falta de lógica do caminho percorrido e a percorrer, esmagado, escravizado pelo peso da fidelidade à sua própria figura...

Em seus pensamentos faltava apenas a ordem e esse apenas era tudo... era o encontro de sua continuidade!

O braço de Nico Horta pesou, escorregando pela borda da escrivaninha e caiu, pendendo inerte.

Olhou então para seu corpo, cuja atitude abandonada e enervante contrastava com a cadeira de pau-preto, áspera e hirta, e viu que realmente se retirava de seu lado, num gesto de recusa e desdém, a sombra que invocara.

Como poderia contar com essa presença? Faltava-lhe também essa verdade, a verdade que nunca encontrara nos olhos, na boca e nos ouvidos.

LXIX

A filha do tabelião fitava em Nico Horta seus olhos, perturbados e sombrios em sua face pálida, e mordia maquinalmente a caneta que pusera entre os dentes. Parecia que olhava para ele e com ele falava através de um véu espesso. Teve uma confusa vontade de abrir as janelas de par em par, de chamar os dois rapazes que sentia moverem-se na outra sala, à escuta, e ficou imóvel, com a impressão de que, se fechasse os olhos, cairia em um abismo sem fundo, escorregando por despenhadeiros irreconhecíveis. Foi, pois, com um estremecimento de susto que ouviu, de repente, Nico dizer com voz normal, com os olhos brilhantes, também fitos nos seus:

— Enfim, eu queria ultrapassar a mim próprio, e sou apenas uma pessoa aborrecida e tirânica, de quem todos se escondem e riem às escondidas.

— Ah! — balbuciou ela, voltando apressadamente à compreensão imediata das coisas — eu queria dizer-lhe justamente que venha hoje à noite à nossa casa. Todos nós temos muita vontade de ajudá-lo e de que seja íntimo nosso. Meu pai, minha tia e minhas irmãs já o conhecem há tantos anos e se queixam de que não os visita com a frequência que esperavam merecer...

E olhava-o com certa ternura, pedindo-lhe um pouco de alegria e de solidariedade, inconscientemente, como se aquela visita viesse realizar um desejo longamente acariciado. Nico, aceitando, despediu-se por aquela tarde, sentindo a mesma impressão de vazio, de insuficiente, que o acompanhava quando descia as escadas, evitando passar diante da porta de Siá Nalda, apesar de seguido até a rua pela moça.

Ao refazer o caminho de sua casa, Nico Horta, pensava serenamente que todas as suas ações, naquele dia, desde a manhã, tinham sido absurdas, e a visita à casa do tabelião, naquela noite, parecia-lhe agora humilhante, pois era oferecida como um auxílio, talvez mesmo como esmola...

— Uma renúncia chama outra — disse ele ao abrir a porta de sua morada — Principalmente quando são ambas... inúteis — acrescentou, atirando o chapéu com raiva, sobre o grande sofá. E correu a refugiar-se em seu quarto, pois sentia surgir, do fundo do passado, alguma coisa que voltava, comovida, sorridente, penetrante, e que tornava ainda mais humilde a sua aceitação daquela tarde.

LXX

— Não pretende voltar a Rio Baixo? — foi a primeira pergunta que ouviu, logo que a família toda se arranjou ao redor da paralítica, nas posições emprestadas e um pouco voluntariamente íntimas dos retratos em grupo da roça.

Nico Horta assistira à chegada de cada um, cumprimentara e falara, como um ator vê preparar-se a cena e os outros artistas, e Rosa tudo organizara para um espetáculo, dentro do seu gosto e de sua concepção, com a secreta desconfiança de que os papéis não estavam bem preparados, mas talvez o acaso surgisse, e tudo sairia bem. Siá Nalda parecia preocupá-la mais do que os outros, e de certo era o ponto central de sua pobre pequena comédia. Dela poderia vir todo o bem, pensava a moça, pois de sua franqueza e impulsividade não seria impossível que surgisse a ideia, o sentimento, a necessidade que tudo aplanasse e aquecesse.

A senhora, entretanto, limitara-se até ali a fixar nele os seus olhos, que, assim como a boca, tinha terrivelmente puxados para trás, como por alguém que a agarrasse pelos cabelos. O seu rosto ostentava, sempre, uma expressão excessiva de vivacidade, em monstruoso contraste com o seu corpo, que era um objeto, uma boneca ligada àquela cabeça resplandecente de inteligência e de desejos.

Nico Horta, quando os olhos dela se encontravam com os seus, não podia reter um arrepio de repugnância, e sentia remorsos quando deixava escapar qualquer gesto de impaciência ao sentir percorrer o seu corpo aquele olhar quente e úmido. Ela fazia habitualmente Rosa repetir o que se dizia em torno dela, e obrigava-a a debruçar-se sobre seus cabelos, para falar-lhe ao ouvido, e a moça devia sentir em plenas narinas o seu cheiro de água morta, de pântano aquecido pelo sol, desnorteando as sensações despertadas pelos seus olhos obstinados.

A "senhora"! Todos os pobres prazeres de Rosa, a Nhanhá, tinham sido atravessados pela corrente gelada desse nome, que brotava sempre como uma recriminação, uma queixa, sem consolo, que lhe era lançada silenciosamente em rosto. As suas alegrias eram roubadas à paralítica e vinham sempre no momento em que se tornavam verdadeiras injustiças do destino, que a cobria de bênçãos, tudo recusando à doente.

Muitas vezes penetrava em seu espírito a vontade de se revoltar contra aquela humilde tirania, e o seu direito de viver seu próprio destino levantava-se nela, mas logo uma palavra da "senhora", do livro, do sermão, a lembrança de qualquer fato antigo, vinha derrotar seus pensamentos e ela passava, de chofre, de vítima a algoz, e seu coração se vestia de cilícios e sua alma era fustigada por indestrutíveis urtigas. Eram precisas longas orações, ditas febrilmente, sem compreender as palavras que sibilavam em sua boca, para restabelecer a ternura ameaçada, a serenidade habitual com que recebia as ordens da anciã.

Por isso, com a confusa esperança de uma recompensa, Rosa contava com a intervenção da paralítica para esclarecer seus próprios desejos, para trazer entre todos a compreensão da felicidade dela, dando forma definida ao vago e inquieto sonho que a acompanhava, sem descobrir o rosto, dia e noite.

LXXI

Voltando da casa do tabelião, ao descer o beco da cadeia, que se precipitava entre os muros, numa queda violenta, da rua Direita até a velha matriz, Nico Horta, de novo só com seus pensamentos, perdeu-se em suas linhas divergentes. A tentação de aceitar o mal como um castigo, o mais escuso dos atalhos humanos, fazia caminho dentro de seu coração, desde que resolvera perdoar a si mesmo, e veio lançar sobre suas dores um bálsamo lento e venenoso.

O desejo que se elevava sob os seus passos, que rodava surdamente em torno dele, com um abafado rumor de festa, o apelo indistinto, vindo através do medo sobrenatural que se desprendia dos muros brancos que pareciam arrastá-lo lá para baixo, não o faziam parar, tomado de terror e respeito pela besta sagrada.

(A dor da alegria pecaminosa, o sofrimento do prazer sem leis passavam ao seu lado, naquela longa tela espectralmente branca, numa teoria sem véus e sem ouropéis, denunciados pelo chamamento da renúncia e do martírio, da pureza pelo conhecimento).

Via agora diante dele verdades ameaçadoras, que não podia decifrar, à espera de um consentimento pequeno, de uma concessão vacilante, para o invadirem dominadoras, absolutas e exigentes. Era a escravidão da vida que o chamava com seu esplendor de sangue e de santidade heroica, e ele não sabia bem que obscura, que humilde verdade o retinha, que triste raciocínio o prendia dentro de sua confusa virtude...

— Esta é uma verdadeira e meticulosa tentação — murmurou Nico Horta apoiando-se ao oitão da "Casa dos Casamentos", que se levantava perto da antiga igreja, e avançando as mãos abertas: — as nossas pequenas desgraças são demasiado grandes para nós; são maiores do que nós... Elas nos ultrapassam, e quando se amesquinham para tomar o nosso tamanho, quebram-se em pequeninos pedaços amargos...

"Parece-me dizer adeus a mim mesmo, e sei que direi não àqueles que amo, e serei então prisioneiro dos indiferentes..."

E suas mãos se fecharam sobre o seu peito, onde se ocultava a carta de d. Ana, anunciando a volta próxima de Vitoria.

LXXII

— Amanhã será feriado — disse o tabelião, aproximando-se de Nico Horta, e pondo-lhe a mão no ombro, com gesto seguro de proprietário — conto com sua presença em nossa casa...

Examinava Nico com estudada bondade, sabendo já de antemão que ele não devia desejar outra coisa senão aquele convite, que o viria salvar do invencível tédio dos dois dias "vazios de trabalho", como os chamava. Era, pois, uma obra de caridade fácil aquela que praticava, consentindo na intimidade daquele pobre moço em sua casa. Nhanhá ouvia as suas palavras, profundamente atenta na leitura dos autos que tinha diante de si, e a vermelhidão que subia lentamente ao seu rosto mostrava que ela compreendia de outra forma o que se passava.

— Nós os esperaremos com um grande prato de roscas — prosseguiu o velho senhor — para acompanhar o excelente balsâmico que só Nhanhá sabe preparar.

E voltando-se, viu que os rapazes, com as canetas entre os dedos, o olhavam com ar estremunhado, parecendo despertados naquele momento, e surpresos com sua amabilidade para com o bisonho escrevente novo.

— Trabalhem! — exclamou rispidamente o tabelião ao passar por eles.

— Já sei que não irá à nossa casa — murmurou Rosa com os olhos cheios de lágrimas — mas queria ver você na procissão, amanhã de tarde. Você vai?

Nico Horta sentiu-se tomado por uma fria exaltação compassiva. Era preciso não acrescentar mais uma partida irreparável na monotonia desolada de sua existência. Ele trazia dentro de si um tesouro escondido, que ninguém procurava descobrir realmente, e era preciso agora tornar pelo menos verossímil a sua figura, viver segundo as forças do mundo...

— Eu vou à procissão — disse ele, finalmente — e irei de noite à sua casa.

Já estava na porta da rua, e foi com movimento de fuga que ele fitou os olhos de Rosa, onde a certeza da felicidade pusera uma calma profunda, e, muito serena, consertava os cabelos, dispondo-se a sair com o moço, sozinha, sem querer verificar com rapidez se havia alguém nas janelas das casas vizinhas.

— Vou com você — afirmou ela, e deliberadamente tomou o lado da Praia, onde era mais difícil encontrar alguém conhecido de seu pai.

LXXIII

Atravessaram a ponte, depois de, por um momento, terem se debruçado sobre o pequeno rio, de onde vinha o acre cheiro pluvial de suas águas negras (paradas e profundas como os olhos de Maria Vitoria, lá longe, no Rio Baixo), e Nico Horta viu nelas, bem dentro da sombra, uma claridade vaga que o assustou, deixando nele inesperada sensação de remorso e de traição. Essa sensação prolongou-se ao seguir o rio, já na praia, no seu curso de areias sombrias, aqui e ali estriadas de branco, com fios sanguinolentos, cor de ferrugem. Era uma longa ferida na terra áspera e coberta de espinhos, e formava o fundo do vale.

No alto a cidade se estendia, na meia encosta do morro, atropelando-se, escorrendo grotas abaixo, galgando ladeiras acima...

Rosa andava ao seu lado com pequenos passos, que apenas agitavam a fímbria de sua pesada saia. Um delicioso e confuso medo a invadira e pesava sobre ela. Parecia-lhe que se desfazia com o vento e com o leve sacudir dos arbustos a prisão que a encerrava sempre, e os horizontes longínquos e largos de fora surgiam aos seus olhos cheios de espanto, e seu corpo todo, aparentemente sereno, era percorrido por sutil e profundo tremor. Contemplava a si própria, animada por vida misteriosa e autônoma e foi inconscientemente que murmurou, por entre o sorriso velado e submisso que lhe entreabria os lábios:

— Que felicidade...

Mas percebeu logo que viera sozinha, ao lado de Nico Horta, e não encontrando já um ambiente de limite e de equilíbrio necessários, procurou timidamente nos olhos dele uma reprovação que a guiasse. Mas sabia que era uma fuga espavorida, e sempre mal interpretada pelos que a cercavam, que se seguia a qualquer censura a ela feita. E quando já de longe, queria voltar e seguir o caminho de entendimento que abandonara, e apoiar-se naqueles que a deviam orientar, quando, reunindo penosamente seus pobres pensamentos, tentava enfrentar seu adversário de há pouco, encontrava já um outro e novo clima, onde sua pobre união interior nada representava...

— A escravidão das pequenas amizades — pensava Nico Horta, olhando-a, e vendo suas mãos muito claras se agitarem sem razão, cortando aqui e ali galhos das framboeseiras que ocultavam os frutos em seus espinhos — a escravidão das pequenas amizades prende meus braços como grandes grilhões, e os pequenos sentimentos de que elas vivem, cortam-me todas as saídas.

— Felicidade! — disse ele em voz alta, comentando agora as palavras de Rosa — as menores alegrias parecem-me emprestadas... pequenos empréstimos feitos de má vontade e de forma humilhante, e eu os repilo com raiva e com o vago receio de estar cometendo um sacrilégio continuado... É preciso sempre substituir uma mentira antiga por uma mentira nova...

Nico Horta olhava para as águas mortas do rio e de sua alma, bem guardadas pelo repouso imerecido, pela serenidade do egoísmo... E parou, imóvel, gelado, comprimido pela verdade, como um cadáver em seu caixão.

LXXIV

Nico Horta e Rosa Andrade caminhavam lado a lado, lentamente, e, por vezes, suas mãos se tocavam. Mas eles não sentiam esse contato, tão perdidos iam em seus pensamentos diferentes. Foram, pois, dois viajantes vindos de longe que se encontraram de surpresa diante do velho negro que, de pé, dentro do rio, se erguera murmurando frases confusas e agitando o velho chapéu, ao vê-los caminhar para o lugar onde se achava, numa radiante visão de mocidade e de amor.

— Nhonhô... nhonhô — dizia ele, e com água até os joelhos, apoiou as mãos no cabo da enxada, semicerrando os olhos —, não passe assim tão distraído, e dê esmola ao velho!

Nico e Rosa se entreolharam sorrindo.

Tinham vindo até ali sem perceberem o que faziam e sentiram o sangue afoguear-lhes o rosto.

— Mas — disse Nico rindo-se — você tem os pés mergulhados na areia de ouro, e pede uns níqueis?

— As bateias deram pouco, nhonhô. É preciso sustentar a família, todos têm fome, muita fome.

E o negro velho riu-se também, escondendo a boca com uma das mãos, como se se envergonhasse de seu pobre riso.

— O ouro não presta mais — prosseguiu — tudo está comprado. Olhe aquelas mulheres... nós somos os últimos, porque os homens já ameaçaram de tirar a gente daqui. Nhonhô, protege a gente, protege a gente! Nós todos temos filhos! Protege a gente!

Nico Horta tirou da algibeira as moedas que tinha, e deu-as todas ao preto, que não agradeceu. Apenas as beijou, e depois repetiu, com voz velada:

— Protege a gente, nhônhô! todos temos filhos!

Rosa esperara com humildade, parada na beira do rio, temerosa de que Nico lesse em seus olhos o que ela pensava. Quando ele subiu bruscamente a pequena ribanceira, ela estendeu-lhe a mão, e, maquinalmente, acompanhou-o calada.

Nico Horta caminhou silencioso e depois, a princípio baixinho, mas logo bem claro, como se falasse não só à moça que tinha ao seu lado, mas também a muitas outras pessoas que os cercassem:

— E ele pede minha proteção! minha proteção! ele, que tem mulher e filhos... ele que aceitou a vida sem o menor temor, que venceu os obstáculos que se erguem diante de mim e me esmagam... Esse homem, que caminha para o futuro de olhos abertos, pede a minha proteção!

Largou a mão de Rosa como se ela o queimasse, e prosseguiu, sufocado de revolta e de vergonha:

— No seu miserável casebre, quando entregar aos seus as moedas que lhe dei, julgarão terem vindo do senhor, do homem forte, em quem encontrarão apoio.

— Sou eu o homem forte, sou eu o senhor, sou eu o Apolo! — repetiu, baixando cada vez mais a cabeça. Rosa nada dizia, vendo Nico Horta caminhar ao seu lado, tão perto e tão longe, com o rosto pálido, gotejando suor.

Parecia-lhe que uma grande cruz descera sobre os ombros dele, esmagando-o sob o seu peso incomportável...

LXXV

Fechou a porta, e, ao voltar-se, parou interdito.

Aquela rua já não era a mesma de todos os dias. Não era mais uma passagem, simples e familiar, um quadro claro e rápido em seu caminho. Agora ficava, tinha existência própria, era um mundo novo, nascido diante dele naquele momento, de horizontes surdos e cheios de pequenos mistérios.

Compreendeu que, dois passos adiante, uma vez deixada a soleira da porta daquela casa, que ia ser amputada de sua vida, mergulharia em cheio no desconhecido próximo, e teve medo.

Reunindo todas as suas energias em uma só força cega, ele venceu a primeira hesitação, e, pousando os pés com cuidado, estendendo vagamente os braços, para afastar os invisíveis obstáculos que sua razão suscitava à sua frente, pôs-se a caminhar.

As pedras da parede arranhavam-lhe as mãos, e, dentro em pouco, sentia a dor das feridas de seus dedos, e sorriu, dentro daquele sonho pressago, sem começo nem fim, compreendendo que era o adeus escondido, a última carícia daquela casa onde tanto sofrera, e que ficava agora para trás, fechada em sua obscura negativa, guardando a imagem de Vitoria numa prisão ciosa.

Parou por momentos e, vendo os corvos alinhados no alto do telhado, imóveis, na espreita sonolenta da morte, viu ainda Vitoria velando silenciosamente um corpo invisível, em intérmino e inaudível diálogo com seus pensamentos sem consolo.

A sensação de profunda amargura e de profunda alegria, de saúde instintiva e má, que sentiu, o fez voltar-se e andar agora com firmeza.

Mas alguém o acompanhava, sem ruído, sem sombra, passo a passo, dizendo-lhe ao ouvido que cada ato seu, cada gesto, abriria uma série nova de consequências imprevisíveis.

LXXVI

A multidão parecia à sua espera, ansiosa, obstinada, à porta da casa onde se abrigara, fugindo de seu companheiro importuno.

Mas, prisioneiro de sua memória, da tristeza de não saber se dar, ele ali ficou algum tempo, num movimento irresistível de timidez. Era preciso perder-se entre os homens, integrar-se naquelas grandes linhas da força da vida, que via correndo ao seu lado, perto e ao mesmo tempo muito longe, carregada de energia durável, como um grande rio, que o deixaria para trás, insensivelmente, se a elas não se entregasse por sua própria vontade.

Bruscamente, quebrando aquele momento indeciso, ele avançou, de olhos muito abertos, deixando-se levar sem quase tocar o chão com os pés, sentindo a rápida delícia de se ver absorvido naquelas ondas indistintas de homens em turbilhão. Tudo perdia, para ele, a segurança de suas proporções e homogeneidade, e desaparecia de repente a densidade constante de sua vida.

Estava, enfim, livre de si mesmo... Mas, breve aqueles ombros, aquelas espáduas, aqueles corpos que o conduziam, num só calor que se confundia com o seu, foram se tornando distintos, e ele viu que eram estranhos que o cercavam.

Via máscaras, onde era necessário, premente, ver rostos...

Eram fantasmas de homens e de mulheres que o cercavam, que o olhavam através dos vidros invisíveis de sua prisão, onde reinava o vácuo, o isolamento e o abandono.

— Mas — pensou — seriam eles que o arrastavam, ou fora ele próprio que os cobrira com os sinistros disfarces que agora percebia? Não seria ele mesmo o autor daquelas máscaras que lhe sorriam, furtivamente, com os seus enormes dentes?

As imagens de sua vida, afastadas pela ação, refluíram de novo ao seu espírito. Era um tímido, longínquo, separado, sem elemento algum para reunir, modelar uma opinião que lhe servisse de arrimo e de meta para seguir um novo destino, com o coração transformado; mas também não conseguia compartilhar com a alegria dos outros, não lhe era possível dissolver a sua pobre alma naquela grande vida desconhecida que já lhe fugia, passando tão perto. Quis segurá-la, por instante, e estendeu os braços para detê-la, para agarrá-la, e imediatamente seu olhar encontrou-se com outro, muito perto, que através de sua máscara de carne o espreitava com esquisita atenção, observando-o severamente.

Trouxe até o peito, com vagar, as suas mãos, que lhe pareceram estrangeiras e crescidas, e se cobriram de intensa vermelhidão, tornando negras as veias que as cortavam em misteriosos ziguezagues.

Que fizera? certamente não era assim que se manifestava fraterna alegria.

— Deve haver — refletiu vagarosamente —, deve haver uma língua convencional, todo um sistema de gestos e sinais que ignoro, e que nunca me atreverei a perguntar qual seja...

Reparou nos outros, que os faziam, e viu como realizavam, com tamanha simplicidade, a imagem evidente da força e da saúde... Mas, de longe, na noite nascente, veio um grande som abafado e largo, imenso e crescente. E todos se calaram, e todos correram a formar alas na rua estreita, à espera do que vinha, e que decerto não era alegria.

Nico Horta compreendeu de chofre que era o que esperava... e desatou a correr.

LXXVII

Correu, ofegante, com olhos doidos de animal que se lembra das horas más, e afastava com indiferença e precipitação as sombras indecisas que passavam ao seu lado, sem forma nem cor mas pesadas como cadáveres, impedindo-o de se aproximar das altas tochas e dos longos círios, cuja luz formava uma torrente ondulante de fogo sobre a massa negra de gente.

Oscilando, faziam com que, ali e aqui, no conjunto obscuro da multidão, surgissem olhos que lançavam repentino fulgor, iluminando faces desconhecidas e destacando-as do fundo das trevas, onde as casas se recortavam espectralmente, com suas janelas pejadas de vultos gesticulantes, tudo se afastando um instante depois, e perdendo-se em seus próprios horizontes.

O cântico profundo e interminável, composto de alegrias abolidas, de belos fantasmas de esperança, envolveu-o todo, arrebatando-o do mundo, e Nico Horta sentiu enfim que se transformava em um ser fantástico, sem limites, livre da triste desordem que carregava dentro de si, como um fardo maciço, curado de sua moléstia oculta, tendo encontrado uma felicidade mais profunda do que o esquecimento. Em seu cérebro retumbava aquela voz unânime, de entre o céu e a terra, sempre renovada, sempre cantada por bocas novas, reunindo em uma única, ondulante e imensa melodia, os pensamentos confusos e sobre-humanos que neles se agitavam, e com ele caminhavam.

Como ilhas flutuantes, pejadas de vegetação furiosa, surgiam de repente, iluminados, por sobre as cabeças, os andores em marcha hesitante e sacudida, que fazia tilintar as franjas douradas, de pesados canutilhos, e as flores fantasmagóricas, de metal, dando o som longínquo de guizos. Vinham cercados pelos estandartes, conduzidos por homens de capuz, tendo à frente anjos e virgens de branco.

Tudo rolava com lentidão, arrastando Nico Horta, ora deixando-o para trás como um destroço, no meio daquelas vozes mantidas voluntariamente em registo muito baixo, ora apertando-o nas esquinas angustas, fazendo-o entrar nas filas das irmandades, ora alargando-se, espraiando em pequenas praças, que se abriam em vales, sucedendo às estreitas gargantas, podendo então Nico segui-la, como os outros.

Mas, logo ouvia que lhe diziam baixinho:

— Todo o sofrimento que lhe é necessário, ele não o sabe tirar da vida real...

Ou então, aproveitando o instante entre um hino e outro:

— A felicidade se aproxima, obscura ameaça!

O homem só possui para dar... e o riso que acompanhava essas reflexões fazia com que Nico Horta compreendesse a sua loucura, cheia de sombras e de pensamentos diversos dos daquele agrupamento humano, que então se antepunha em seu caminho.

E corria dentro e fora daquela onda rumorosa e sombria, sem saber ao certo o caminho seguido, tendo apenas a certeza de que um templo o esperava, cheio de luzes e com as portas todas abertas.

Mas, agora ombros implacáveis o repeliam, costas impassíveis se erguiam à sua frente, em muralhas intransponíveis... alguém o roçou e lançou-lhe um olhar provocante, mas, quando se voltou de novo, e viu a límpida estranheza de duas pupilas inocentes fixas em seus olhos, com desconhecida doçura, riu-se e seguiu o seu caminho.

O pão da fugitiva fraternidade parecera-lhe amargo. Sabia que não devia olhar, porque não veria nada, e seria nova prova de sua provisória loucura.

Sabia, mesmo assim, que duas faces alucinatórias o espreitavam, uma de cada lado, com as faces marcadas pelo sofrimento inumano de suas almas, e com esse secreto sorriso dos mortos, que lhe causavam, mesmo sem as olhar e sem as ver, uma frágil impressão de sonho, de febre e de náusea, que materializava os seus minutos, os seus segundos...

Era necessário andar, era preciso defender o tesouro que se agitava em seu coração com implacável e feroz alegria, a inocência divina, a verdade virgem e ainda insuspeitada que o faziam correr, com sua vontade indecifrável, a procura do fim, do remanso eterno daquele rio que o lançava fora de si, ora com indiferença, ora por esquecimento.

Exausto, ele sentia que ia cair, que se deixaria pisar pela multidão, mas vozes amigas o animaram, mãos irmãs lhe deram apoio e, no meio da vibração sonora que o entontecia, pôde enfim ajoelhar-se devorando as lágrimas que lhe corriam pelo rosto.

LXXVIII

Saindo da igreja, Nico Horta ouviu de novo as reflexões que o tinham acompanhado, e que agora pairavam no ar como um enxame de abelhas obstinadas.

Quantas respostas, quantas verdades, quantos gelados amanhãs, quantas madrugadas sem luz existiam nelas, em gritos, em apelos incessantes, que ele não ouvia, não podia compreender?

Conhecendo que passava por entre almas chamadas, sem que esse aviso chegasse até o seu coração, sentia que era o algoz obscuro dos alheios desejos e fraquezas.

Quando descia as escadas do adro, parou e cruzou as mãos inúteis sobre o peito, porque todas as vezes que as abria e as estendia, num movimento enorme, elas encontravam outras mãos, sabedoras de sua felicidade momentânea, mas sem o selo inapagável do futuro.

Todos aqueles homens e mulheres que o ultrapassam agora, iam para algum lugar determinado, onde alguém ou alguma coisa os esperava.

Só ele não tinha destino certo naquela noite...

— Nesta noite e sempre — confidenciou a si próprio, sorrindo da sua hesitação diante da verdade — quero ir a algum lugar também, quero ir a algum lugar também, quero ir também ao encontro de alguém, de alguma coisa...

Uma tristeza espessa caíra sobre ele, como se o vestissem de golpe com a camisa dos sem-ventura, e, vendo-se traído, olhou em redor, com cautela. Tinha medo, não da delapidação, mas da piedade, que via imediatamente nascer nos olhos dos que assistiam ao espetáculo de sua humilhação.

— Senhor — murmurou —, livrai-me de mim mesmo...

LXXIX

Mas ninguém o olhava. Nada tinha a ver com aqueles corpos que o afastavam com movimentos ásperos. Fora repelido com acre brusquidão por tudo e por todos nesse dia.

Com oculto orgulho, com recomposta fortaleza, recapitulou todas as misérias que sofrera sem provocar, e voltou para a casa com a certeza de deixar para atrás, lá fora, no mundo iluminado e ruidoso, toda a maldade que apertara o seu cérebro, impossibilitando-o de viver como os outros, nas longas horas que passara nas ruas.

Fechada a pesada porta, corridos os ferrolhos, ele ia subir os degraus, com a ligeireza dos libertos, quando recebeu em cheio, vindo do fundo do corredor, a voz muito alta e pura de Maria Vitoria, que dizia:

— É você?

Quis fugir, quis voltar, quis deitar-se na escada e não mais se levantar. Estava de novo prisioneiro, envolvido por aquele som que representava tristeza, pequeno e longo martírio de incompreensão minuciosa, da dor estrangeira, de desejos e aspirações fora de seu caminho...

Era, enfim, o apelo da terra. E levantou-se, e foi sorrindo que segurou a aldraba da segunda porta, que a ergueu, abriu, e entrou no corredor, ao encontro daquela que o esperava.

— Que surpresa — exclamou — não as esperava tão cedo! — e as lágrimas o sufocavam.

LXXX

Foi, pois, com gestos de compassada cerimônia que ele abriu a porta e entrou na sala, num ato demonstrativo de coragem e de serenidade, mas, o silêncio absoluto e repentino que se fez, desconcertou-o. Ninguém respondeu à sua saudação gaguejada, ao seu gesto irresoluto, e em um dos cantos mal iluminados pela lâmpada oculta sob o vidro fosco, alguém disse alguma coisa a meia-voz.

Estalou, então, um riso vibrante, em clarim, de bocas jovens e sonoras.

Nico Horta não pôde reconciliar-se com aquela segunda realidade que se apresentava assim bruscamente. Reagindo nele apenas o elemento mecânico, riu-se com eles, mas não ouvira a frase que dera causa àquela hilaridade, e sentiu que seus lábios se fixaram em um trejeito pávido, que se tornou ridículo quando percebeu que vários olhos examinavam o seu rosto com álgida curiosidade.

Eram os pais e irmãos de Rosa, que se mantinha sentada com simplicidade ao lado de Maria Vitoria.

Nico Horta quis andar para elas, mas não pôde, tão real foi a sensação de isolamento e de distância que prendeu seus passos. Compreendia agora, com gelado desânimo, a fraqueza dos liames que o prendiam àqueles que enchiam a sua vida, como agora enchiam aquela sala, com sua presença desusada e enorme.

O riso que o saudara ao entrar fora como o gesto brusco, a palavra áspera ou indiferente, que faziam surgir nos pretensos olhos amigos a hostilidade indistinta, inexplicável, que o deixava abandonado, com a sensação desesperadora de injustiça e de exílio.

E depois – pensou com tristeza – como esquecer, como apagar, como encher com pensamentos novos estes instantes de morte parcial?

Deu alguns passos pela sala, afinal, desviando-se das pessoas que também se afastavam sem olhá-lo, e sentou-se onde achou uma cadeira desocupada.

Olhou para os lados e viu que estava sozinho, realmente. Os dois lances da parede à sua direita e esquerda, estendiam-se vazios, e pareceu a Nico que subia para um palco, onde devia representar e dizer alguma coisa diante daquele auditório que lhe voltava as costas.

— Como poderei conhecê-los? — perguntou ele a si próprio. Eram estrangeiros recentes e a nova penetração na sua vida e em seu espírito, ele a teria de fazer com humilhante cautela, com trêmulas precauções, que tiravam toda a nobreza do primeiro gesto, ficando apenas o que havia nele de voluntário e de convencional, em melancólica e inconfessável utilidade. Já sabia que dessas lutas silenciosas e inobservadas ele voltava mais que vencido, dispersado, desbaratado, sem mais o seu orgulho de compreensão, tendo superposto aos seus os sentimentos que pressentia no coração dos outros... Estava, pois, mais uma vez, diante de nova região a percorrer, e cada vez mais desarmado e sem roteiro.

— Tive que arrancar de mim — murmurou — muito amor e muita amizade, e com eles iam pedaços de minha vida, abrindo em mim grandes sulcos e falhas que não se recompuseram.

"Daí o meu esquecimento — prosseguiu —, esquecimento que é uma ausência criminosa.

"Quantas vezes — repetiu —, quantas vezes me senti desprezado porque era desprezível... daí a inquietude, daí a tristeza de romper seus próprios liames, e deixar para trás o nosso sangue e a nossa carne, sem sequer o direito de voltar o rosto, para vê-los perderem-se na distância."

O rumor das vozes, que renascera e crescera entrecortado de risos, fê-lo por um momento "visitar o mundo", como dizia sorrindo, quando o interrogavam sobre a volta de suas visíveis ausências, e deu, com naturalidade, as respostas necessárias a uma senhora que dele se aproximara. Mas, tendo ela sido chamada por alguém, Nico esqueceu-a, e prosseguiu:

— Tenho o poder de matar a todos, por alguns momentos, e então penso que os outros destinos são diferentes do meu, não são tributários de minhas desventuras... E fico só, como uma figura esquecida de museu... ninguém passa pelo meu caminho. A vida se fecha, a luz se apaga, o riso cessa, os olhos se desviam, insinceros, e tudo para.

"Mas eu sei que sempre se erguerá em torno de mim o pedido de socorro, de amor e de abrigo, da tristeza independente da vontade do homem... e essa música de anjos cegos encontrará sempre um eco secreto em meu coração, aberto por mãos divinas. E eis que, de repente, eu me torno surdo e fico só, e um silêncio total se faz em volta de mim, porque já não compreendo o que vai além dos pobres limites da minha solidão.

"Quem feriu meus ouvidos? Por que não chega até a mim o pedido de solidariedade contínua dos homens? Por que as mãos divinas não abrem mais, então, o caminho para o meu coração, a esses sons que me parecem subitamente sem sentido? E compreendo, agora, que tudo me abandonou..."

Ondas mortas o envolveram. E pensou se não seria o momento de soltar três grandes gritos que o isolassem completamente, libertando-o enfim, expulsando para sempre toda aquela gente que o cercava.

Nesse momento ouviu a voz imperiosa de d. Ana que, impaciente e risonha, repetia o seu nome. Pegou devagar na xícara de café que lhe era oferecida e tomou-o, como se fosse um estranho filtro.

— Nós permitimos que beije a sua noiva — repetiu voluntariamente sonora a voz de d. Ana — Vejam como ele está emocionado! não queria que contássemos o segredo... E por isso parece não ter percebido ainda que hoje é o dia de seu noivado com Maria Vitoria!

Nico Horta aproximou-se da moça e beijou-a na testa, sem tocar em seus braços, pendentes ao longo do corpo. A conversação demorou um pouco a se reatar, enquanto a noiva voltava ao seu lugar.

Foi quando Nico, encostado a uma porta, ficou olhando de longe o vulto de Maria Vitoria, calada e de olhos baixos, por muito tempo, muito tempo.

Vozes ásperas fizeram referência ao respeito e discrição dos verdadeiros namorados...

Alguém murmurou com escondido temor:

— Siá Nalda vai ficar furiosa...

Mas Nico Horta nada ouviu.

LXXXI

Maria Vitoria levantou-se, dando o sinal de partida aos visitantes, e veio colocar-se ao lado de Nico Horta, recebendo com graça e naturalidade as felicitações, muito simples algumas, outras pomposas, em tom de discurso, que lhe dirigiam as pessoas que se retiravam. Nico estendia as mãos e sorria, como uma figura de cera que se animasse, e não podia encher de pensamentos as palavras soltas que dizia, pois seu cérebro cessara de viver... Parecia-lhe ouvir estranha música, que nos faz perder a noção da realidade, que nos absorve todo, fazendo surgir em nosso lugar um outro mundo, invisível e angustioso, onde, de repente, tomavam forma rostos munidos de mãos que apertavam as suas mãos e murmuravam alguma coisa, sempre a mesma.

Lembrava-se, depois, de ter visto alguém que sorria para dentro, parecendo-lhe ver o reverso de sua boca, como quem guarda avaramente a sua alegria. Outro, de olhos iluminados e os lábios cheios de sombra, dissera, com afetação, sacudindo à cabeça: que belo par! e, finalmente, Nico Horta viu Pedro diante de si, e voltou de modo brusco, à realidade, que o cercava. A alegria inquieta que sentiu, ao ver o irmão restituído à vida, fez com que o coração lhe fugisse do peito e correu a bater-lhe nos pulsos e nas fontes, em tímidas aleluias.

— Como estava ali — quis perguntar, esquecido já de tudo que o rodeava. Mas nada pôde dizer, pois a ideia de que Pedro fugira e seria de novo levado para longe, se sobre ele chamasse a atenção, prendeu-lhe a voz na garganta. E quando Pedro lhe deu a mão, ao apertá-la, Nico Horta sentiu repentino alívio, como se fosse a própria humanidade que lhe tivesse dado aquele sinal amigo de solidariedade.

Pedro não morrera de todo... e ele via surgir em si mesmo toda uma parte de sua vida, que encerrara no recanto mais escondido de sua alma, pensando que fosse para sempre...

Mas Pedro dissera com um sorriso posto sobre a sua pele cor de febre, seus traços incertos e seus olhos vagarosos:

— São dois irmãos... Nosso pai ficaria contente de vê-los assim reunidos... e tudo agora ficará bem.

Nico Horta voltou-se e parou diante da expressão lívida do rosto de Maria Vitoria, que lhe dizia com abafada aspereza:

— Por que devo ouvir essas palavras?

Parecia pedir-lhe contas de uma afronta não castigada que sofria, e foi sem compreender que Nico os olhou por algum tempo, vacilante e confuso.

— Perdoe-me, Nico, uma simples reflexão minha, que devia ter feito para mim mesmo. Perdoe-me se falei mais alto do que devia.

— Diga o que quiser e no tom que desejar — replicou Maria Vitoria, como se Pedro a ela se tivesse dirigido, e com voz surda acrescentou: — Eu não sei aceitar o meu dever... mas também não sei iludi-lo.

Mas d. Ana e as outras senhoras as rodearam, risonhas, maternais, e Pedro perdeu-se entre os convidados.

LXXXII

Tudo foi silenciando, e Nico Horta ficou só na sala, até onde chegava apenas o eco amortecido da vida lá fora. Era preciso reagir de qualquer forma ou cair sem amparo no chão. Todo o cansaço daquele dia absurdo o tomava agora, e era como uma vertigem de altitude que o fazia permanecer na cadeira onde se deixara cair. Sentia ainda em torno de si o odor morno daqueles homens e daquelas mulheres, e as cadeiras, as almofadas, as mesas, conservavam ainda a marca de seus corpos, de suas atitudes.

Com esforço levantou-se, e, encostando a testa aos vidros da janela, pôs-se a murmurar qualquer coisa monocórdia, regular, repetida... Os dedos maquinalmente se cruzaram e uma expressão de angústia e vergonha se desenhou em sua fisionomia cansada. Por muito tempo a melopeia se repetiu, e pouco a pouco tudo adormeceu.

Os móveis envolveram-se em véus de penumbra, as paredes se afastaram lentamente, tornando-se irreais, e aqui e ali, reflexos de luz, de ouro, tremiam e se apagavam, mergulhando no sonho final, único.

Nico Horta bem sentia que era mais uma sombra que se formava em sua vida. Procurara encontrar alguém de carne e sangue, um braço no qual se apoiasse sem segundas intenções, e mais uma vez passara adiante e se encontrara sozinho, muito mais adiante, ouvindo, assim de longe, as palavras de egoísmo e de indiferença ditas na forma comum das amizades humanas.

Estava mais uma vez só!

Só! Olhando de soslaio, para o que se formava atrás de si, para a escuridão que se tornava agora espessa, como um bloco pesado, sufocante, ele quis compreender que era tempo de se resignar, de curvar a cabeça, de avançar cegamente, sem que alguém suspeitasse do que se passava em seu espírito adormentado, sem que ele próprio tomasse parte em seus debates, apenas desperto de longe em longe por uma súbita revolta, um estertor rápido, convulso, que desapareceria com a mesma velocidade de sua vinda.

Teve vontade de chamar Rosa ou Maria Vitoria, de gritar por alguém que lhe trouxesse uma oferenda de paz e de libertação, mas, mordeu os lábios, prendendo com as mãos rápidas as palavras que anunciariam a sua última miséria. Seriam apenas as mesmas máscaras espantadas as que entrariam pelas portas agora cerradas sobre o mundo, e ele teria que se fechar em si mesmo, sem poder apagar a exasperante visão interior que nele se gravara e nele morrera perdendo o sentido como as velhas fotografias.

Havia uma despedida em toda a sua pessoa. Até ali era um centro, uma realidade; podia mover-se, mover as coisas, podia alterar a ordem do destino de muitos homens. Suas mãos, que ordenavam e dispunham o que o cercava de maneira diversa da até ali existente, talvez dentro de alguns minutos seriam apenas dois pedaços de carne e ossos inertes, inúteis, e depois seriam álgida podridão, depois pó, nada mais! A sua inteligência e a sua vontade seriam apenas uma recordação obscura, vaga, que se dissolveria depressa no ar, como se tinham nele confundido os pensamentos e as frases que há poucos instantes enchiam aquela sala.

A lembrança longínqua de suas próprias palavras de redenção, ditas com fervor, chegava agora torturante na água imensa e imóvel de sua incapacidade...

Alguns anos a viver e decerto tudo havia de cessar. Mas, até lá a presença de Maria Vitoria e de Pedro seria uma intromissão inelutável, cujo único triunfo possível, seria apenas a fusão de instintos, de incerteza entre eles; nunca mais teria ânimo de afastá-los, para procurar ainda uma vez o verdadeiro caminho de sua salvação dentro de sua impotência, como criatura, para toda atividade moral.

— Como poderei viver? — perguntou si mesmo, e o medo de não poder sair da gaiola de ferro de seus próprios limites, o terror do absoluto, que viria provocar a ruptura definitiva consigo mesmo, fizeram com que se debruçasse na janela mágica, sobre a cidade estrelada.

Um gesto, um salto, e estaria de todo dentro da vida, dentro das coisas, dentro da terra... não seria mais apenas um acessório, um complemento, um escravo à espera de seu senhor, tendo sempre que reunir suas forças, aguardando ordens, sem nunca poder dá-las, com o subterrâneo pavor de ser obedecido...

Seria como aquelas casas, que pareciam tremer no calor da madrugada próxima, seria como as sombras indistintas, que lhe acenavam no alto do morro distante...

LXXXIII

Foi quando Nico Horta se voltou e encontrou-se diante da grande figura.

Era muito alta, e suas vestes resplandecentes se agitavam como se tivessem vida própria. Tudo nela subia de um só lance, em linhas vertiginosas, até sua boca entreaberta, onde os dentes fulguravam. Sobre ela, soltas no ar, seis asas enormes batiam, lentamente.

Era completo o silêncio, mas de toda a sua pessoa irrompiam gritos, cânticos e vertiginosos gemidos, tão altos, tão sobre-humanos, que nada se ouvia. Contemplava alguma coisa, muito alta, e parecia manter com Alguém invisível um misterioso e gigantesco diálogo...

LXXXIV

Dias depois, no jardim desmantelado da casa, Nico Horta e Maria Vitoria andavam lado a lado, e ele espreitava, de vez em quando, o seu rosto, onde permancecia como máscara esquecida, a sua bela e grave expressão habitual de dor reprimida. Cada vez que seus olhos se encontravam, Nico fugia com os seus, com receio de que aquele misterioso luto se revelasse, de repente, verdadeiro e irremediável.

— Por que sofria ela? — perguntava ele a si próprio, e todas as vezes que alguém lhe dizia: "ela deve ter sofrido muito, vê-se, pela sua fisionomia", essa interrogação voltava a bailar em seu espírito, inquieta e voltejante. E se irritava surdamente contra aquela acusação silenciosa, e muitas vezes, no passado, as meias perguntas, as insinuações bruscas, as interpretações de gestos e de afirmativas demasiado claras, para serem verdadeiras, brotavam, e se sucediam, num diálogo cortante e angustioso, intercalado de silêncios pesados e de impaciências que tornavam reais os remorsos imaginários, causa e princípio do martírio longo que se infringiam.

Desses momentos de luta ficavam lembranças vagas, mal definidas, de ofensas e recriminações incompletas, que tornavam dias seguidos atrozmente uniformes, num jogo sinistro de pequenas misérias repetidas. Como única desculpa de suas brutais e momentâneas injustiças que ele reconhecia, ao mesmo tempo que as praticava, serem intoleráveis, Nico Horta recordava com mórbida delícia a tristeza de seu pai, a sua figura confusa de vítima sempre pronta para os sacrifícios inúteis. E escutava, com renovado e doloroso prazer, as frases ambíguas que lhe diziam quando interrogava seus velhos parentes sobre a doença que o abatera muito moço.

O único liame que o prendia a Maria Vitoria, pensava ele, era uma pobre convenção social, um triste compromisso assumido por d. Ana, com intenções que não pudera compreender, e que se partiria a um simples gesto de suas mãos cansadas. Iria ela então viver ao sol, em plena luz, ao lado de corpos vigorosos e sem mistérios, sob o calor de iniciativas e de resoluções previstas, que nunca poderia encontrar em sua casa e em seu corpo.

A esperança secreta que a fazia ficar, aquela espera latente ao seu lado, de comunhão, de clareza, faziam subir à sua cabeça uma onda de sangue morno, insuportável. Não podia fugir, porque aquele era o seu círculo de vida, era a sua pátria, era o seu quinhão, aceito com exausta covardia, e deveria tudo abandonar para deixar campo livre a uma dor estrangeira, que ele não reconhecia?

Caminhavam em lento silêncio, pequenos heróis de pequenos destinos, sem que comungassem suas almas feridas de modo diverso.

No fundo do jardim um banco rústico os esperava...

LXXXV

De novo, como muito tempo atrás, Nico Horta e Maria Vitoria estavam juntos, sentados em um banco, e de novo em torno deles se tecia um emaranhado obscuro de desejos, de cumplicidades e de involuntária harmonia...

Nico Horta, querendo recriar seu antigo estado de espírito, repetia um a um seus primeiros gestos, e fechou com lentidão os olhos, guardando dentro das pupilas o antigo espetáculo de serena e estrangeira beleza do rio ensanguentado pela tarde, das árvores paradas à escuta, fazendo calar seus pássaros, das nuvens silenciosas e em fuga para outros céus.

Depois, a sua mão procurou a de Vitoria, hesitante, já meio esquecida de seu primeiro impulso e murmurou:

— Vitoria...

— Que é?

— Dê-me a sua mão...

— Para quê?

Nico Horta repetiu, espavorido, a si mesmo: para quê?

Que poderia ele oferecer em troca do suplício lento de Vitoria... viver ao seu lado, ao lado da sua eterna incompreensão da felicidade... pagar o sacrifício lento de viver devorando a sua incurável inaptidão para a realidade.

— Para que viria ela ao seu encontro? por que abandonaria os míseros ideais que trazia secretamente em seu seio?

E não sentia que se lançava, sozinho, nas terras fechadas de sua loucura...

LXXXVI

Ficaram parados durante muito tempo, Maria Vitoria e Nico Horta, esquecidos um do outro, tendo as mãos entrelaçadas.

Depois, com esforço, Nico recordou-se até onde tinham ido em sua discussão, e disse:

— A minha dignidade... a minha dignidade, cada dia, cada momento, cada palavra que ouço me nega um pouco dessa dignidade.

"Era preciso que eu ficasse calado, imóvel, na vida. Quando quero reagir, afirmar, viver, fico espavorido porque verifico que nada me resta, tudo me foi tirado mansamente, de passagem... talvez sem perceberem o que faziam."

— Talvez não tirassem a sua dignidade — afirmou Vitoria, em voz baixa, com intencional doçura —, talvez tirassem bocados da ideia que você faz de si próprio.

Nico ergueu-se a meio corpo e Maria Vitoria atentando em seu rosto, na desmesurada tristeza de seus olhos, na boca muito branca e convulsa, viu que fora demasiado longe.

— Você não me compreendeu — reatou ela, fitando-o com calma autoridade e vagarosamente prosseguiu — O que pretendia dizer é que você tem a mania de só amar o que merece ser amado e... ama fora desse critério. Acaba odiando-se a si mesmo, desorientando-se de novo, um pouco louco... como agora! — e ria-se, muito tranquila, como se assistisse à tomada de vistas de um cinematógrafo, e acompanhasse com displicência o trabalho do ator.

Depois, levantando-se, acrescentou:

— É muito perigoso compreender as coisas, em lugar de vê-las.

Caminhou para a casa, fechada em seu vestido preto, protegida ciosamente por ele. Nico acompanhou-a com os olhos, e pensou com desânimo que desejava a morte de Vitoria. Era uma libertação, um caminho novo e tranquilo, sem dores e sem futuro...

Ela estava tão pouco de acordo com o que se passava nele próprio, e naquele instante lhe parecia tão sem raízes na sua vida e no mundo, que, estava certo, se fechasse os olhos ela cairia morta.

LXXXVII

As criadas tinham tirado os pratos da mesa do jantar. D. Ana reteve Nico Horta com um sinal de sua mão, e, já sozinhos, ela na cabeceira e ele à sua direita, disse-lhe, com desusada doçura:

— Vocês casam-se domingo.

Vendo que Nico nada respondia a senhora teve um sorriso imperceptível e acrescentou:

— Como vai de cartório? O meu compadre é ainda muito seu amigo? — depois, concertando-se na cadeira ela completou o que desejava dizer:

— Pedro foi hoje, de volta, para a capital, e, felizmente, deixei tudo organizado em Rio Baixo, de tal forma que não precisamos mais nos inquietar com a nossa situação.

Ficou por uns instantes calada e suspirou:

— Coitado do Pedro...

E foi então que Nico pegou em suas mãos e olhou-as com esquisito carinho. Eram elas que sempre desejara encontrassem com as suas, firmes e resolutas, nos momentos em que se tornava visível a sua fraqueza... Fixou os olhos nas manchas pardacentas que as cobriam e pôs-se a contá-las, pensando:

— Marcam os anos de vida.

E contou muitas. Mas, ao levantar o rosto viu que d. Ana abaixara a cabeça escondendo seu olhar de cinza e sua boca pálida, e ficou muito tempo sem saber como largar aquelas mãos fatigadas, parecendo-lhe que se as deixasse a senhora se desvaneceria, desaparecendo silenciosamente. Era uma sombra que ali estava, um provisório fantasma, uma figura passageira que afirmava e impunha seu apoio no tempo, sem um lugar real no espaço...

Dentro de muito pouco ele não a veria mais, nada restaria dela senão um eco adormecido e sem significação, apenas objetos que, juntos, ainda trariam a sua lembrança, mas esparsos passariam a ter marca de outras pessoas, de outros entes também fantásticos que a substituíssem.

Abandoná-las era fazer cessar aquele presente, era matar alguém que representava toda sua vida, era cortar voluntariamente um grilhão que ainda o prendia à realidade.

Com esforço conseguia articular algumas palavras, que lhe pareciam fórmulas de encantamento fixando ainda por algum tempo aqueles instantes de fuga de presença, e disse, por fim, com acanhada ternura:

— Minha mãe... Mamãe — acrescentou bem baixinho.

— Que é? — perguntou d. Ana com voz clara — Que diz você? Estava pensando, e não ouvi...

— Pensando em quê?

D. Ana sorriu e uma doçura nova, materna, suavizou os seus traços, fazendo com que perdessem a vontade de dureza, que os fixara em antiga máscara.

— Estava pensando em você, quando era pequeno, como era carinhoso e bom para mim. Você se lembra que guardava para mim as moedas que lhe davam, "para me ajudar"? Talvez eu não as merecesse...

E duas lágrimas saltaram de seus olhos, apressadas, muito vivas, correndo ao encontro do riso, que a fez estremecer dando-lhe subitamente uma aparência juvenil. Fez menção de passar o braço no pescoço de Nico Horta, cuja cabeça quase pousava em seu regaço. Mas, levantou-se repentinamente e disse com voz ríspida, sem olhá-lo:

— O casamento é domingo. Você precisa casar-se; já não tenho junto de mim o pobre Pedro... o meu filho! — e exclamou com vingativa raiva: — O culpado de tudo foi o pai dele, o pai dele!

— Mas — disse Nico vagarosamente — era também o meu pai...

D. Ana olhou-o com impaciência e aproximou-se da porta. Quis dizer ainda alguma coisa, mas vendo que Maria Vitoria entrara, e parara embaraçada, sem saber se devia ficar ou voltar para o seu quarto, saiu com gestos secos e duros, sem parecer vê-la.

LXXXVIII

Naqueles dias, sabendo a família do tabelião que o casamento estava marcado para domingo, foi dispensada a sua presença no cartório, e Nico Horta não se encontrou com Rosa. Muitas vezes ele fora até a praça da Matriz e subira ao adro, de onde se avistava o interior da casa do sr. Tabelião, e de lá se esforçava por ver o vulto da moça, mas como evitava cuidadosamente ser descoberto pelos dois jovens escreventes, não podia realizar o seu intento, sempre frustrado por algum imprevisto.

Cansando-se, por fim, ele sentara-se nos degraus da porta da sacristia, e fechando os olhos deixou escapar por entre os cílios um pequeno raio de luz, de alegria voluntária. Era preciso um remanso, era necessário criar um recanto tranquilo na angústia tumultuosa, confusa, cheia de palpitações e de alarmes, sem causa imediata, que agora se exacerbara e devorava a sua alma. Devia ser um coração cheio de coisas ricas e escondidas, e era apenas um homem inquieto e imperfeito como os outros; devia cobrir a nudez de seus pensamentos, encontrando assim a calma sem preço daqueles que se afastam da corrente de ambições e de rivalidades, e se acolhem a um abrigo, à sombra da cruz...

Por todo o seu corpo se derramava um torpor suavíssimo e as pedras em que se recostara eram como almofadas de arminhos. Seus membros enlanguescidos se estendiam, lassos, dormentes, e seu olhar agora lento e velado via diante dele um pequeno e novo mundo: a praça sonolenta, toda relvada, prisioneira de um lado das casas cerradas umas às outras, de outro do barranco enorme, que subia para a parte alta da cidade. Alguns cabritinhos brancos pastavam ao seu lado e de quando em quando paravam e o examinavam com olhos cúmplices.

Cada gesto, cada movimento seu, eram agora sinais bem claros de uma linguagem fácil e familiar a todos e, pensava sorrindo, era bastante olhá-lo para que todos os seus sentimentos fossem adivinhados. O desejo indistinto de dar felicidade a alguém, a aspiração indefinida de ser a origem de novas existências, o sentimento morno de abundante, de sobejo a ser repartido, criavam em seu sangue um ritmo largo, poderoso... A vida pequenina, invisível, se multiplicava à sua frente, com vertiginosa rapidez, e os fatos miúdos, que há pouco desapareciam sob seus pés, vinham agora ao seu encontro, inumeráveis, diversos, de toda a parte, mais reais e mais vivos do que as pessoas que se escondiam lá longe. A lembrança de alegrias perdidas, de todos os bens fugidios tinha se desvanecido em seu cérebro repousado, e na sua face se desenhava a doçura do momento das confidências, e um grande silêncio se fizera dentro dele. Parecia que alguém devia vir agora, devagarinho, postar-se ao seu lado, rindo-se imperceptivelmente, sem se aproximar de seu corpo intangível, sem querer ouvi-lo, para que as ideias preguiçosas e sem solução se amontoassem dentro de sua pobre cabeça, para que pensamentos confusos e vagos criassem uma zona de mistério e de reserva em sua consciência, sempre tão violada e sacudida por inquisições e interferências demasiado ásperas.

Lembrou-se do terreiro da fazenda, que formava também um espaço claro, nítido, descampado, onde os animais pareciam em exílio, num país distante e muito vigiado, e andavam com precaução, como se fossem sensíveis à impressão de pátio de penitenciária que dava o "pastinho".

Um dia Nico Horta resolveu pendurar a sineta de bronze, que achara, no pescoço de uma das vacas, como vira nas vistas europeias do álbum da sala de visitas, e nessa madrugada despertou em violento sobressalto com o som cristalino e talvez sacrílego que vinha da noite até seus ouvidos, penetrando em seu quarto como um chamado sonoro.

Levantou-se precipitadamente, correu a mandar retirar a sineta, mas, quando de novo em sua cama, não conseguiu mais conciliar o sono.

— Como pudera ter aquela lembrança — interrogava-se, enquanto seu coração batia, sacudido por um medo inominável, e a casa enchia-se de terrificante silêncio. Dentro dele surgiu e cresceu a convicção de que aqueles sons demasiado límpidos e sadios tinham despertado alguma coisa, que não adormeceria nunca mais...

LXXXIX

Um ligeiro ruído atrás de Nico Horta fê-lo voltar-se e viu então que a porta da sacristia estava aberta e de dentro da igreja vinha até ele um odor de poeira e incenso, advertindo-o vagamente do que viera fazer ali.

Levantou-se e parou, sem ter coragem de pousar os pés nos degraus que lhe tinham servido de leito, e em cuja pedra veiada procurava agora ler alguma coisa em seus arabescos negros sobre cinza, reproduzindo o céu que o cobrira por tantas horas. Sentia mugir dentro de si, como as águas de um rio impetuoso em torno do pilar, a força incoercível que sabia existir no fundo de sua alma, e muitas vezes, quando descia demasiado em suas autoanálises, depois, ao falar ou agir de acordo com o que lhe viera até a tona nessas sondagens, ele se encolhia medroso, agarrando-se a qualquer ideia simples e ingenuamente convencional, para não ser arrastado por aquela correnteza vertiginosa e subterrânea.

Fechando as pálpebras, para ocultar o que havia de eternamente infiel em seu olhar, ele subiu as escadas e dirigiu-se maquinalmente para o coro, de cuja grade avistou lá embaixo o corpo da igreja como rio de águas mortas, obstruído pela estranha vegetação de ornamentos, de flores e enfeites eriçados de espigas e de fios de ouro, de onde emergiam aqui e ali imagens gesticulantes. Tudo flutuava no silêncio e na penumbra cor de opala, parecendo antes a paisagem que se veria dentro das águas do rio, no fundo dele, tão mergulhado tudo estava em sonho intenso, em paz penetrante.

Ouvindo um estalido, percebeu haver ali alguém, e viu que era Didina Guerra, que abrira o velho órgão, e nele se recostara, num convite mudo para que viesse tocá-lo.

Nico Horta, sem sequer cumprimentá-la, sentou-se, e fazendo mover-se o cansado mecanismo, lançou as mãos, ao acaso, sobre o seu teclado, e o longo mugido trêmulo que se ouviu foi uma resposta imediata aos seus pensamentos.

Era mesmo aquela frase inarticulada, aquele som gemente, mas imenso e sonoro, que retumbava em sua cabeça pleno e amplo, mas sem desenvolvimento possível, rebelde a toda melodia, prolongando-se apenas em ecos sempre iguais...

Ouviu até o fim a vibração que percorreu todas as paredes, perdendo-se enfim nas grandes janelas, e depois correu os dedos, procurou reminiscências, e suas mãos se ordenaram, obedecendo aos avisos que lhe vinham do passado esquecido, mas o antigo instrumento parecia não ter despertado ainda do sono em que estava mergulhado, e não sabia ainda executar o que lhe pediam. Depois de lançar risadas muito puras, entrecortadas de uivos em surdina, ele lançou-se em um seguimento de frases confusas e de confidências, e Nico Horta deixou-se levar por aquele cântico que se tornara independente de sua vontade, e perdeu-se em um sonho complexo, onde pairava a liberdade, o amor sem limites, acima dele, de tudo e de todos.

Lá embaixo, o rio faustoso, quimérico, se anima e sobre ele, de novo, o tempo bate suas asas. Ora descansa em um lago de águas trêmulas, fazendo de leve agitar-se o suntuoso manto de gorgorão azul, cuja trama irizada se encadeia ou se desfaz em corrida fantástica, ora cai em pequenas cascatas, em gotas rápidas e sonoras, ora segue, misterioso, secreto, em lenta marcha, isolado, sem se confundir com a paisagem que o cerca...

— Não, não — murmurou Didina Guerra, fechando o tampo do órgão sobre os seus dedos — é uma falta que você está cometendo. É um pecado...

E Nico viu na fixidez atenta de seus olhos um vago medo de acordar segredos adormecidos. Mas, com a voz afetuosa e gesto muito natural ela indicou-lhe o padre que se dirigia para o confessionário.

— Vá — disse —, vá confessar-se. Não foi para isso que veio aqui?

XC

— Padre, eu sinto que morro aos poucos — disse Nico Horta fitando, fascinado, a placa de metal com pequenos orifícios que tinha diante de si — e quando chegar o verdadeiro momento de minha morte, nada terei já para entregar a Deus. Será apenas um corpo e um espírito morto que os homens e os anjos virão buscar em meu leito. Todos os dias que passam eu sinto se desprender de mim, desagregar-se, um sentimento antigo ou uma curiosidade nova, e quase nada me resta de todo o aparelhamento de que me revesti, como medida de defesa, para encarar a vida, porque não encontro em mim mesmo oriente, e sinto que ele se fecha sobre minha alma, e parece-me que estou roubando, que estou mentindo... Pesa sobre minha consciência essa falsidade continuada, esse cálculo prévio, e, sobretudo, essa limitação laboriosamente criada. Não quero ver o amanhã, que se aproxima opaco e morno, nem quero ver os dias passados que se afastam uniformemente atrozes...

— Justamente, você segue uma evolução natural para Jesus Cristo, e todo esse confuso drama que você não compreende representa apenas o itinerário de sua vocação religiosa — ouviu Nico Horta a placa murmurar, e não poderia dizer se era realmente alguém que com ele falava, ou o diálogo se tratava unicamente em sua alma.

"Parece a você — prosseguiu a voz — demasiado desprezível o que se passa no seu íntimo, e, entretanto, parece certo de que é a voz perceptível de seu verdadeiro destino, que o chama para alguma coisa, que talvez já tenha adivinhado. Tudo o que me tem dito é medo de si mesmo e da tarefa que deve ser grande."

— Eu não quero ir para um convento — murmurou Nico Horta — porque me parece que enlouqueceria, sentindo faltar em torno de mim as tentações habituais e humildes, as circunstâncias pequenas, as ilusões voluntárias, que me dão a sensação de viver, de existir dentro da realidade. Lá eu viveria fora de mim e da vida, e meu espírito, sem os pequenos apoios de que necessita, se dispersaria, perdendo-se para sempre... Mas — acrescentou, e retirou os braços do rebordo de madeira, onde os pousara pesadamente — de que vale ele se dispersar? que representa essa sequência, essa ordem aparente que me fazem crer em minha própria existência? Eu sou já um fantasma, sem lugar no mundo, e me recuso obstinadamente a aceitar o lugar que me reservam entre os outros fantasmas... Mas, tenho medo, tenho medo de morrer... não quero morrer...

— É uma contradição flagrante essa — responderam — e você devia envergonhar-se dela! A sua ambição é insensata, porque penso que você pretende encontrar dentro de você a presença... uma sofreguidão de companhia divina como essa só pode ser resultante de orgulho, ou de incompreensão de sua própria finalidade, e o seu lugar não é em um convento...

E a voz se abaixava, talvez involuntariamente, porque decerto era uma confidência que saía do coração, dando vida e sangue à boca que a pronunciava.

— Eu não espero encontrar dentro de mim o que diz — murmurou Nico Horta, espalmando as mãos sobre a placa de metal, como se quisesse impedir a passagem dos sons e toda a extraordinária brandura do martírio compôs o seu rosto — quero abrir-me, quero preparar-me para que essa visita, mesmo que não se realize, se torne possível! Essa possibilidade não me perturba, nunca pensei na sua realidade. Mas — afirmou a si mesmo, espavorido, diante de sua audácia, e era certamente a primeira vez que ouvia essa afirmativa, dita pela sua própria voz — mas, é necessário que ela exista!

— Parece-me que você se demasia e...

— Eu me demasio? mas quem fala não sou eu, é difícil de explicar, mas estou apenas repetindo o que me dizem!

— Quem lhe disse?

— Não sei, não sei!... por baixo das palavras há um outro mundo que vive, complexo e palpitante, e quando tendo conseguido abandonar a superfície, a estrutura, das frases, nele mergulhamos, com uma terrível e amarga vertigem, de perda completa e alucinante de pé, penetramos em novos e desconhecidos caminhos... e há um grande desequilíbrio para todos, talvez mais angustioso para aquele que não traz consigo a mais perigosa das armas, o conhecimento. Mas, por sua vez, o apoio, o ponto de segurança que achamos, com o saber, é sempre na superfície, naquela estrutura, aparentemente sólida, que abandonamos por queda... É por isso que peço socorro, e não me satisfazem as mãos que se estendem para mim, porque vejo que me querem trazer para a mesma margem abandonada, com que triste sacrifício, por mim mesmo!

E as lágrimas o sufocaram mais uma vez, sendo uma pobre criatura sem forças, que, muito tempo depois, atravessou as ruas...

XCI

Os sinos tangem, os sinos tangem, os sinos tangem!

Por muito tempo aqueles sons muito puros, repetidos, alucinantes, rolando pelas ladeiras abaixo, por entre as casas anãs, varrendo, como um furacão, as ruas onde os grandes sobrados ressoam, batendo e ricocheteando nas montanhas, por muito tempo aquela música sobre-humana tudo absorveu e marcou a memória de todos, nela criando uma legenda faustosa e imediatamente distante, antiga.

A matriz do Rosário, muito branca na alegria clara do sol, cantava com eles um grande cântico de festa, tão grande, tão gigantesco que Nico Horta sentia-se invisível, perdido nele, com Maria Vitoria e o cortejo nupcial que os acompanhava, pondo em fuga todas as suas pequenas resoluções e preparativos.

Olhando para a noiva, cujo véu acanhado ocultava-lhe o rosto, Nico Horta perguntava a si mesmo se ela não era, na realidade, uma invenção, apenas um pretexto, desproporcionado com tão grandes consequências.

— Fico estupefato — pensava ele, passando em seu dedo a aliança —, fico estupefato com a importância que atribuo aos poucos momentos que passarei verdadeiramente ao seu lado. Ela se interpõe entre o mundo e meu coração, mas estarei sozinho em qualquer parte que vá, porque fiz sair de mim o sentimento, como se manda embora o cadáver de um criado, pela porta de servir... — acrescentou olhando-a, com profunda tristeza e doçura, ajoelhada a seu lado.

— Quis te procurar nas coisas sem te encontrar a ti mesma, o teu rosto velado, o teu corpo desconhecido, e não fiz cessar as torturas despertadas em mim.

"Tive obscuramente o desejo de compreender. Sairei desta casa, mas não sairei de ti. Que mistério tão simples! No secreto do seu coração, é o meu coração que bate. Minhas feridas se reabriram e julguei que fossem as mesmas, mas são outras, que eu não suspeitava..."

XCII

Quando Nico Horta se aproximou de Maria Vitoria, em seu quarto, ela compreendeu que enfim o encontrara, e todos os anos que tinham vivido lado a lado, numa triste promiscuidade de atos e de gestos, caiam em pó agora por terra, afastando-se como nuvens estrangeiras tocadas por ventos repentinos.

A verdadeira comunhão surgia plena, absoluta, sem abalos, sem choques, sem surpresas, e seria eterna, perdurando acima de tudo, mesmo da separação e da ausência. Quando bem longe um do outro aquela compreensão que sentia ser total ficaria sempre presente e companheira. Estariam sós pela distância e não pela incapacidade ou pela própria miséria.

Vitoria ergueu-se para recebê-lo, e o seu vestido branco, caindo em grandes e rápidas dobras, tinha uma serenidade nupcial, em suas curvas sadias e fecundas.

Caminhou como se trouxesse no seio um mundo novo, enorme, de promessas, de inícios, de primeiros passos. E quando Nico Horta segurou suas mãos, com simples gesto de posse, ela pensou com alegria no casal fundador que formavam, e a força e o orgulho fizeram com que seus olhos se tornassem profundos, para além do riso e das lágrimas.

Era a Vida. Queria agora viver e tudo nela era apelo de renovação, de ressurreição. Muitas vezes, com o peito em tumulto, ela se assentara na rude mesa do seu quarto, e, depois de procurar em suas gavetas lápis e pedaços de papel, fazia o cálculo de quantos anos lhe restavam ainda de mocidade. E refletia com temor que eram já poucos, pois deixara correr o rosário amargo de seus dias, sem vivê-los, e decerto era uma outra pessoa aquela menina e aquela moça cuja evocação lhe era penosa e cheia de tristes surpresas.

Seria ela mesma aquela criança de vestido luzente ao sol e que ouvira ignóbeis elogios?

Nico Horta estava diante dela agora, e parecia-lhe que ele vinha das plantações em Rio Baixo, tal como vira Pedro sob o grande chapéu de palha mal trançada, querendo prender em sua ascensão o seu corpo todo incendido de luz meridiana, de sangue borbulhante, mal comprimido pelo tecido dourado da pele dentro de sua carne moça e vigorosa, mais forte e mais bela do que a terra que dominara.

Maria Vitoria, como na fazenda, ia agora ao seu encontro, presa da mesma perturbação, como se caminhasse em busca de uma recompensa monstruosa, excessiva de beleza e de força. Toda aquela imensa vontade de viver e de fecundar-se concentrava em seu coração e o mormaço vibrante e fecundo dos campos, erguendo-se e perdendo o contato com a terra, confundia-se com o seu desejo...

Nico Horta levou-a lentamente até o leito, e o seu andar fê-lo tornar-se ainda mais parecido com Pedro. Era como se conduzisse Maria Vitoria para o futuro, e foi num trono que se sentaram, olhando um para o outro, nada mais vendo além do que simbolizavam naquele instante.

Eram dois senhores de destinos que se uniam, que se aliavam para uma peregrinação total e pura, pelos tempos em fora...

XCIII

Nico Horta no dia seguinte, quando o sol deixava já o céu nu e pálido, voltando do enterro de Rosa, que se matara naquela manhã, foi para o seu quarto de solteiro e fechou a porta cautelosamente à chave, barricando-a com pesada canastra. Mesmo assim quis correr ainda os duros ferrolhos, que resistiram ao seu esforço, ferindo-lhe os dedos.

Subira as escadas, levado ainda pelo grande impulso que o fizera viver intensamente todas as horas, todos os minutos da noite sufocante de amor e do dia que passara em diligências rápidas, em preparativos eficientes e necessários para tudo pôr em ordem na casa do tabelião Andrade, incapaz de se mover no leito onde se deixara ficar, ao saber que a filha amanhecera morta em seu quarto. Todo ele conseguira realizar com seu esforço seguro, com a persuasão de suas palavras e de seus gestos marcados por invencível energia.

Agora sentara-se em sua cama, já pertencente ao passado que lhe parecia tão longínquo, e contemplava a luz indistinta das vidraças.

Uma gota de sangue morno correu em seus dedos e caiu no chão, entre os seus pés.

— Ponto final, por hoje... — murmurou ele, rindo-se (mas, como se feria?) e acendeu enfim a lâmpada mortiça de sua cabeceira, dando um aspecto irreal às coisas que o cercavam.

A gota de sangue ali estava, diante dele, pequena e luzidia, como se tivesse adquirido vida própria, e parecia olhá-lo também.

Por que fechara assim a porta, entrincheirando-se em seu quarto? Voltou a refletir, imóvel, e olhando por cima do ombro para o canto onde se desenhava confusamente a porta.

— Parece até que alguém me persegue! — exclamou tornando a rir, e quis andar. Mas, vinda de longe, uma vertigem amarga o percorreu todo, pregando-o onde estava.

Alguém viera em sua perseguição, ele bem o sabia, e ficara à sua espera, lá fora, na escuridão do corredor.

Era o homem que ficara lá fora, na escuridão do corredor, criado por ele em todas as suas peças, e que ficaria assim, à sua espera, hoje, amanhã e depois, como uma antiga armadura, que ele deveria revestir e animar por muito tempo, pelos anos que lhe restassem de vida.

E Nico Horta analisou friamente o que dissera e fizera naquelas horas, e um grande clamor se ergueu em sua consciência, uma violenta revolta se agitou em seu coração.

— A quem correspondiam aqueles gestos? de quem tinham partido aquelas palavras? que sentimento os tinham inspirado? onde se tinham formado aqueles pensamentos?

O homem forte ficara lá fora, na porta, à sua espera.

Era um simples fantasma, e Nico Horta, através das paredes, via o seu vulto numa assustadora imobilidade, o seu rosto agora morto, os olhos muito brancos e sem vida, os dentes de cadáver, subitamente atingidos em sua alegria, esperando a morte, e ali deveria ficar até ele sair de novo.

— Vou descer e expulsá-lo... ou talvez matá-lo — murmurou Nico, hesitante e de cabeça baixa, agarrando-se ao balaústre da escada, até onde chegara, e que balançava com ele, acompanhando as oscilações de seu corpo.

Não queria voltar os olhos para aquele lado, e sentia que não poderia mandá-lo embora dali, a não ser...

— A não ser que expulsasse primeiro, ou matasse, o pequeno monstro que rói o meu coração. E essa era uma tarefa acima de sua vontade e de suas forças, porque ele viera ter ali sem que soubesse como, e vivia e palpitava sem que Nico o conhecesse. Sentia apenas que tinha um hóspede obscuro e imposto, dentro de si, um invasor invencível, que se movia lentamente no silêncio e no abandono de sua vida.

XCIV

A sua cabeça balançava para lá e para cá, embalada pelo movimento do trem em plena fuga. Tudo se movia confusamente na luz ocre das lâmpadas cansadas, que pareciam dormir encolhidas em seus vidros, e Nico Horta sentia que duas mãos se formavam, de penumbra e de pó, e vinham pousar muito de leve sobre suas pálpebras, puxando-as para baixo de modo irresistível... "Eu me chamo Leonor" e repetiu o nome sonoro e grave... Tudo se quebrara em seu corpo, colado à parede ressoante do vagão... com ele estremecia e arfava, mas um estremecer e arfar ritmados, contínuos, sem fim, sem fim... "Com voz incoerente e lúgubre, ela olhava por sobre o ombro... "

Um choque mais forte, e Nico abriu os olhos em sobressalto. Mudou de posição. Tinha vontade de se dobrar em dois, de pôr as mãos à cabeça e gemer, chorar. Quem sabe as lágrimas lhe corriam pelo rosto, sem que as sentisse? "Quando morreram as pessoas que moravam aqui, Leonor — mas, quem é Leonor? Já duas vezes que falo em Leonor. Leonor não mostrou tristeza alguma!"

Precisava achar um lugar para pousar a cabeça, de jeito que não se balançasse tanto. A luz diminuía e aumentava de modo esquisito. Parecia fugir. Todo o vagão, com seus gritos, assobios, estalidos e o ronco isolado de um passageiro apagava-se e desaparecia, a espaços... "Com o reflexo de um outro céu. Qualquer coisa caía, como uma cortina espessa, e fechava o seu coração... Os bancos são altos, muito altos, e não posso alcançar o chão com os pés! Não tinha coragem de tirá-los de onde estavam... Onde estavam eles? Tão pesados, tão pesados!

"Parece um chamado, uma profecia". Não tinha coragem de levantar as mãos, tão pesadas, tão pesadas, para sentir se chorava realmente. "As

árvores estendem os galhos secos, recortados no céu lívido..." e sua garganta, muito seca se estreitava e parecia fechar-se, de golpe, como se alguém tentasse estrangulá-lo.

"A imaginação mais impassível ter-se-ia comovido..." Era o final de sua
miséria, de sua carne sem vida, sem sangue...

Foi então que, sacudido como um objeto, como uma carga esquecida,
foi então que outro corpo se encostou ao dele, com pleno abandono.

Pareceu-lhe ouvir um soluço baixinho, mas não olhou, não fitou os
ouvidos, nem fez um só movimento. Aquele gesto lasso e sem defesa, o
calor que sentia em seu ombro e em todo o seu lado direito, transmitido
sem condições e sem reservas vinha até ele como um chamado, uma ten-
tativa simples e serena de convívio e de união.

Já não estava sozinho, pensava com secreta e imponderável alegria
e chegou a desejar que a viagem não terminasse nunca e toda a sua vida se esgotasse naquele torpor doloroso e sacudido, onde tudo em seu
corpo se entrechocava e se fazia sentir, em apelos surdos de dor e de
enorme lassidão.

Quando o trem se detinha e os eternos grilos das pequeninas estações
entoavam o seu hino da pequena saudade, uma paz enorme e penetrante
o invadia e pensava que enfim achara o seu verdadeiro lar, no silêncio sem
fim e na grande noite dos campos maus que o cercavam.

Chegara ao pouso esperado e duradouro, ao lugar do esquecimento e
do sofrimento novo...

Depois, com o grande ruído de ferragens, os rangidos dos trilhos, os
encontros brutais dos carros, batendo uns nos outros, vinha novamente o
martírio detalhado, minucioso, fibra a fibra, nervo a nervo, da corrida interminável, terra afora.

Chegava a desejar, em meio das dores confusas e fulgurantes que dan-
çavam em seu cérebro, que um desastre súbito, tremendo, pusesse fim
a tudo aquilo, agora que se sentia amparado por aquela espádua irmã,
aquele corpo inteiramente entregue ao seu, num abandono sem desejos e
sem pensamentos.

Morreria confundido com ele, e já não seria só, miseravelmente sozinho
diante da vida, deixando sempre cair tudo o que dele se aproximava... Sinos
longínquos, apitos perdidos lembravam que muitas etapas passavam, céle-
res. Mas, que importava? Não chegaria nunca, tal o desânimo, o absoluto
cansaço e abatimento em que se encontrava.

Por que não podia dormir? Dormir... dormir... e a sua cabeça caiu-lhe ao peito, pejada de sonhos que se emaranhavam entrecortados de sobressaltos e de sustos incoercíveis.

O último foi-lhe causado por alguém que lhe gritava alguma coisa. Abriu os olhos turbados de sons e de miséria.

Chegara.

Olhou para o lugar ao seu lado. Estava vazio. Quis levantar-se e sair como os outros e não pôde. A voz desconhecida de um homem que dele se aproximara com outros — disse-lhe indiferente:

— Vou mandar buscar uma ambulância. O senhor está doente. Para onde devo mandar levá-lo?

XCV

Ele achava agora tão simples aquela solução, que ria baixinho, o quanto permitiam suas forças, voltado para a parede da casa de saúde, enquanto no quarto cinco pessoas, imóveis, o contemplavam penalizadas.

— Não tenho um pretexto para viver? — dizia ele, de si consigo — pois o pretexto é ele mesmo... eu apenas não sabia dar forma real à minha suspeita, que assim deixaria de ser uma dúvida torturante. Mas, como sofri para chegar a uma conclusão tão pobre!

— E não consigo ter pena de mim, assim mesmo! — disse em voz alta.

— Ele delira — murmurou o padre ao ouvido do médico.

— Mas, não está com febre — verificou este, com hesitação.

Nico Horta deixara as mãos soltas sobre a colcha que o cobria, e ocultava o rosto no canto da cama, com receio de, ao voltar-se, mostrar a máscara denunciadora de seu humilde triunfo.

— Eu não sentira ainda as minhas próprias dimensões — dizia ele à sua sombra que se desenhava vagamente na cal da parede —, não conhecera os meus pobres limites, e saíra deles, sem o saber, e daí a minha sensação sempre renovada de abandono, de solidão, de falta de ponto de partida, de perda do meu verdadeiro ser... sem alcançar que estava apenas fora de mim mesmo, e não da possibilidade divina, que não existe por mim, mas em mim...

Voltou-se, de repente, e abrindo muito os olhos, fixou-os em d. Ana, em Maria Vitoria e no sr. Andrade, que se aproximaram trêmulos, e ajoelharam junto ao seu leito.

Nico Horta apontou sucessivamente para cada um deles, e disse:

— Esta é minha mãe, esta é minha mulher, este é meu amigo. Conheço-os agora, e sei que existem, que são reais... quero que me aceitem... eu vou ficar bom e viver realmente com vocês, porque os aceito, também. Eu sei agora que devo obedecer... e viver...

Pareceu a todos, que ainda repetiu, com voz vaga, indistinta, a sua última palavra: viver. Cessara de respirar. Simplesmente, sem um gesto, sem um suspiro. Fizera-se de repente uma calma absoluta, um vazio sem mistério, naquele quarto, e todos sentiram apenas a sensação insegura de uma ausência, uma falta, a princípio sem significação...

Mas, lá longe, tudo deixara naquele instante de ter uma unidade, e ali mesmo, os objetos que os cercavam não tinham mais ligação sensível. Eram apenas um amontoado de coisas disparatadas.

Por que estava ali aquela cadeira? Por quem espera esta toalha! Quem deixou estas gavetas abertas? e cada uma das respostas não teria mais sentido.

D. Ana, Maria Vitoria e o sr. Andrade olharam por algum tempo para o corpo de Nico Horta, lembrando-se do que ele lhes devia dizer, das recomendações que devia fazer, e das interrogações e consultas que eles próprios não tinham feito... e o Nico Horta que ia viver um novo e diferente romance em suas memórias ali estava, como uma figura de cera, na sua límpida imobilidade.

Editor responsável | Rodrigo de Faria e Silva
Coordenação editorial | Monalisa Neves
Edição de texto | Denise Morgado
Levantamento de documentos e pesquisa editorial | Cláudio Giordano
Revisão | Adriane Piscitelli e Tereza Gouveia
Capa e projeto gráfico | Raquel Matsushita
Diagramação | Entrelinha Design

© 2020 Faria e Silva Editora

Dados Internacionais de Catalogação na Publicação (CIP)

C412a   Penna, Cornélio;
Dois romances de Nico Horta / Cornélio Penna, – São
Paulo: Faria e Silva Editora, 2020.
128 p.

ISBN 978-65-81275-02-0

1. Romance Brasileiro

CDD B869.3

A Faria e Silva Editora empenhou-se em localizar e contatar todos os
detentores dos direitos autorais de Cornélio Penna. Se futuramente forem
localizados outros representantes além daqueles que já foram contatados
e acordados, a editora se dispõe a efetuar os possíveis acertos.

Nesta edição foram feitas atualizações de grafia e respeitou-se o novo
Acordo Ortográfico da Língua Portuguesa.

Este livro foi composto no Estúdio Entrelinha Design
com as tipografias Sabon e Berber, impresso em papel
pólen bold 80 g/m², em dezembro de 2020.

FARIAESILVA

www.fariaesilva.com.br